Et si c'était trop tard ?

Dave Mouhoumounou

Et si c'était trop tard ?

Roman

LE LYS BLEU
ÉDITIONS

*À vous mes parents qui êtes pour moi
une source de motivation et de réussite.*

À mes frères et sœurs.

*À mon beau-frère Johan Abena pour ses conseils avisés
tout au long de la conception de cet ouvrage.*

À la famille Boleko

À la famille au Maroc

À mes sincères amitiés.

À tous ceux qui m'ont soutenu et cru en moi.

Avant-propos

J'écris sur une feuille blanche pour m'accrocher à la vie.
J'écris pour consoler les cœurs solitaires, les cœurs meurtris.
J'écris pour ceux de l'autre côté de la rive
À qui les cœurs sont toujours joyeux et exempts de rides.
J'écris pour l'amitié pour l'amour
J'écris pour extirper la pitié, pour accentuer l'humour.
J'écris pour les forts, pour les faibles.
J'écris, pas pour plaire
Car à défaut de me taire
J'ai voulu faire de moi un être solidaire.
J'écris pour ne pas être accusée de non-assistance à personne en danger.
Combien de femmes sont violées ?
Combien d'enfants maltraités ?
Combien de cas de racisme non dévoilés ?
Combien de bouches qui restent encore obstruées ?
Combien d'innocents condamnés à perpétuité ?
J'écris, oui c'est un devoir
Celui de peindre ces pensées qui s'entrechoquent dans ma mémoire.
J'écris pour ceux qui ont arrêté de croire.
Mesdames/Messieurs, ne croyez-vous pas que nous sommes dans l'urgence de garder espoir ?

Chapitre 1

Je parcourus du regard ces arbres robustes, puis cette maison vétuste dont le toit était enveloppé par des feuilles mortes. J'eus cru voir une silhouette se dresser au loin, celle d'un homme marchant de long en large. Je m'approchais alors lentement malgré le cœur ballotté entre l'effroi et le doute. J'entendais à peine le pépiement des oiseaux, la ruelle dans laquelle je me trouvais baignait dans un silence écrasant.

Les poumons en feu, la gorge sèche, le regard intriguant, je me tins coite pour pouvoir observer cet homme de plus près.

J'observais alors… je l'observais, lui cet homme à la taille fluette et à la démarche chaloupée. Je l'observais encore et encore pour ne pas le perdre de vue. Il s'arrêta, se retourna, posa ses larges mains au niveau de ses hanches. Son visage était couvert d'un étrange masque qui laissait paraître ses incroyables yeux.

Il avait de beaux yeux grands, ces yeux dans lesquels on ne peut lire ni tristesse ni joie. Ceux-là qui ressemblent aux perles, mais qui peuvent contenir des litres de larmes. Ces yeux qui servent de rideaux, qui ne trahissent pas le fond de l'âme. Ah ces yeux ! Comment vous les décrire ? J'étais à peine interloquée et en même temps saisie par ce charme capiteux qu'il portait. Si j'avais mon pinceau sur moi, je ne raterais pas de dessiner son portrait. Si j'avais un stylo à bille en ma possession, les mots couleraient à flots tel un robinet ouvert et je prendrais ce singulier plaisir de constituer un poème. Mais je ne pouvais fort malheureusement pas, en cet instant là même, je ne pouvais pas. Oui, je ne pouvais pas aussi me détacher de ce regard sans lire la profondeur de son être. Car des yeux, j'en avais vu mais pas de la sorte. J'ai lu des regrets, de la solitude, de la tartuferie, des bribes de joies, des semblants de bonheur dans les yeux de ceux-là qui, à travers un regard, tout était dévoilé. Pourquoi donc les siens étaient si différents ? Est-ce moi qui ai tort de penser que l'éclat phosphorique de nos yeux reflète celui de notre âme ? Ou est-ce parce que je n'avais plus pour habitude de fréquenter assez de gens ? Je ne savais pas trop, j'avoue que j'étais totalement perdue.

Ce regard que j'observais attentivement depuis quelques minutes se baissa, je me demandais bien s'il s'était rendu compte de mon regard rivé sur sa personne. Il s'affubla alors d'un chapeau de couleur noire bleutée avant de s'asseoir à même le sol. Son chapeau couvrit si délicatement son visage que je craignis fort de ne plus avoir quelque chose d'affriolant à regarder.

Il fouilla son sac de couleur pourpre avec ses petits doigts frêles, et sortit de là une bouteille d'eau qu'il ingurgita en une fraction de seconde. Et j'étais là, toujours en train de l'observer même si par la suite, il garda sa tête baissée donnant l'impression qu'il ne voulait pas que je continue de le contempler.

J'avoue que je doutais si fort du fait qu'il m'ait une fois balayé du regard.

Étant obnubilée par cette idée de savoir qui était cet homme, je restais là, inerte.

Je ne saurais vous expliquer pourquoi j'étais restée dans ce froid glacial, sentir ce vent soufflé de manière saccadée, sentir mes dents grincer de froid, et surtout mes jambes vaciller sans arrêt... Oh quelle idée !

Le lendemain

J'étais pâle, fatiguée, que dis-je, je me sentais totalement vide. Je toussotai dans ce lit étroit entouré de ces documents empilés çà et là, de ces textes de loi qui étaient à la fois mes fréquentations, mes compagnons, mes pires ennemies.

Hier, je suis rentrée tard, cet homme étrange ne m'avait pas laissé le choix. Et puis bon... Ça m'apprendra à me mêler de ce qui ne me regarde pas... Je n'avais presque pas dormi, il fallait que je finalise le projet de fusion acquisition des deux sociétés sur lesquelles je travaille ces derniers jours... Oh ! comme je déteste ce métier de juriste d'entreprise ! Je ne me lasserai jamais de le dire. Que des dossiers à traiter de jour comme de nuit, rien que ça, le travail, encore du travail. Non seulement je ne faisais que trimer pendant ces cinq dernières années, mais encore, mon boss était un vrai casse-tête. Sous son air cuistre et un peu avare, l'idée de démissionner m'a effleuré l'esprit à maintes reprises. Mais je ne pouvais me passer du luxe que ce métier me faisait vivre. Ce n'est pas donné à toutes les filles de mon âge d'avoir un chez-soi situé en plein cœur du centre-ville, d'avoir deux belles voitures en sa possession, un chauffeur, une dame de ménage. Et si même je souhaitais avoir un garde du corps, j'en prendrais sûrement deux.

La sonnerie de mon téléphone retentit soudain, j'eus du mal à ouvrir complètement mes yeux, encore plus à décrocher cet appel qui finira par me laisser un goût âcre au fond de la gorge.

C'était lui, mon patron. L'idée de savoir que c'était lui me tétanisait, me mettait hors de moi. Entendre sa voix c'était comme mettre un pied dans un feu dévorant, c'était comme se jeter volontiers dans un cours d'eau.

La sonnerie se fit entendre pour une énième fois, c'était toujours lui. Je sentais une goutte de sueur tiédasse perlée sur mon front, je n'avais aucune énergie pour la chasser de là. La seule envie qui pouvait calmer mes angoisses était celle de partir, partir loin de cette vie qui semblait ne pas être la mienne.

J'éteignis alors mon téléphone d'une colère rouge qui se faisait ressentir par un battement de cœur à tout rompre. Il insista sur le deuxième téléphone, je ne pouvais refaire le même scénario hélas, il réussira sûrement à me démasquer.

— Allô ! Bonjour Monsieur, répondis-je d'une voix nasillarde.

— Où es-tu ? me questionna-t-il d'un ton très agressif.

— Je suis rivée à mon siège… Je… je ne me sens pas bien monsieur. Hier, j'ai attrapé un coup de froid.

— Et ? Je comprends ta frilosité mais je veux te voir ici dans les quinze minutes qui suivent.

Je me levai du lit fort troublée, en m'installant avec empressement dans le divan qui donnait dos à la porte de ma chambre. J'observai le désordre qui y régnait, mon cou eut du mal à soutenir ma tête. L'idée de démissionner me tarauda à nouveau l'esprit, cette fois-ci elle fut envoûtante.

Je tambourinai à la porte de son bureau, il me fit comprendre d'une voix rauque qu'il était occupé. Je me tins alors droite en attendant qu'il me dise d'entrer. Une trois, cinq, trente minutes passèrent sans qu'il dise un mot de plus. Mais je pus entendre le crépitement du clavier de son ordinateur, ses bâillements ainsi que le bruit des verres qu'il empilait à la hâte. *Mais pour qui se prend-il ?* tempêtai-je intérieurement. De toutes les façons, ma décision était prise et donc à mon sens, je pouvais agir comme bon me semblait. C'est alors que j'ouvris avec finesse la porte sans sa permission, ce qui semblait sans nul doute le désarçonner.

Mon regard se confronta au sien, nous observâmes un moment de silence ponctué. Il s'accouda ensuite à la table de son bureau avant de s'en remettre à la situation.

— Très bon boulot, remarqua-t-il d'un sourire furtif.

— Pardon ? l'interrogeai-je comme pour lui dire qu'il confondait sûrement de situations.

— Tu fais du bon boulot, poursuivit-il… Bien que tu sois la seule femme ici, je peux admettre que ton travail est toujours remarquable.

— Je… Je vous remercie Monsieur.

— Appelle la dame de ménage pour moi. Qu'elle m'enlève ces verres et essuie délicatement les meubles !

— Puis-je vous parler en même temps ?

— Ah ! ça tombe bien, moi aussi j'ai à te parler.

Puis, je l'écoutai dégoiser son discours pendant des minutes, il n'arrêtait pas. Aucun moment de pause, un vrai moulin à parole celui-là. Il avait un certain pouvoir et il le savait. Il savait également que je n'émettrais aucune objection à ses propos. J'étais habituée et je me donnais une fois de plus cette peine de l'écouter. Oh ! comme ce fut une torture ! Dans quoi m'étais-je embourbée ?

Une douleur aiguë me paralysa le cerveau, je déposai avec empressement les pinceaux dont je faisais usage pour peindre les beaux yeux du monsieur que j'observai autrefois. Ma vue se brouilla, mon corps tressaillit, une crampe me saisit, me jetant comme un ballon de football dans mon lit.

J'étais allongée, fourbue, J'observais le plafond de ma chambre d'un regard vide. J'avais besoin à cet instant d'une oreille attentive pour m'écouter. Un chien ? Un nouveau-né ? Un adolescent ? Un vieillard ? Peu importe. Mais qui allait bien ? Je m'étais déjà détachée de cette vie. De celle-là où on pouvait s'appuyer sur une épaule pour pleurer, celle-là où on pouvait virevolter dans les rues juste pour que le temps passe, celle-là où les rires étaient inextinguibles après un bon spectacle de comédies. Celle-là où on allait dîner dehors juste parce que j'appréciais si bien le décor des grands restaurants, celle-là où on me disait que j'avais un charmant sourire et que je répondais timidement « merci ». De cette vie-là où je reniflais l'odeur de ces fleurs, de ces parfums faits à base de roses, de ces plats que je mangeais avec tant de voracité... De cette vie-là...

Et comme par magie.

— Kéma ? m'interpella-t-elle sous une mine gaie.

— Mwinda ? dis-je sous l'effet de surprise.

— Comme tu m'as manqué ! poursuivit-elle en se cramponnant à moi.

— Ça fait combien d'années déjà ? Dix bonnes années... Quelle surprise !

— C'était tout un combat avec la dame de ménage, elle ne voulait pas me laisser entrer dans ta chambre. J'ai cru que la surprise n'en valait plus la peine.

— Elle s'appelle Céline. L'effet de surprise vient de me faire un bien fou. Je me sentais faible tout à l'heure. Sais-tu que je suis atteinte d'asthénie ?

— Tu parles toujours un gros français hein, tu n'as pas changé toi...

— Et pourtant c'est juste pour te faire comprendre que je suis victime d'une fatigue chronique.

Elle se leva, dubitative, puis admira la pièce dans laquelle elle se trouvait.

— Comme c'est très beau chez toi, s'écria-t-elle en laissant son regard se river sur le portrait déposé près du chevet de mon lit…

Je fis un geste maladroit pour le retourner mais elle s'empressa de me retenir par la main.

— Waouh ! Dis-moi que tu es devenue artiste peintre. Je savais qu'un jour tu allais le devenir. Tu es bourrée de talent. Je suis épatée !

— Je savais que tu allais devenir mannequin, j'ai vu tes images dans plusieurs magazines.

— C'est moi ou j'ai comme l'impression que tu cherches à botter en touche ma question ?

— Ah ! je croyais que j'étais la seule à parler soi-disant le gros français ici.

— Ah ! c'est mon mari… J'apprends tellement avec lui.

— Dis tout simplement son nom ma chère. Nul n'est besoin de me cacher que c'est un grand footballeur. Humm.

Nous nous esclaffâmes, avant que je lui pose la question :

— Que puis-je te servir comme boisson ?

— Pas avant de me dire ce que tu es devenue très chère…

— Quand deux très bonnes amies se croisent, la première question doit être qu'est-ce que tu es devenue ?

— Deux très bonnes amies ne passent pas dix années sans prendre des nouvelles.

— Pour toi une solide amitié se résume au nombre de fois que l'on s'écrit ou que l'on s'appelle ?

— Non, au nombre de fois que l'on pense à l'autre sans se contenter de penser.

— Le cœur devrait être le seul témoin de l'affection que l'on porte pour une personne.

— Le cœur a un langage propre à lui, il faut souvent le laisser s'exprimer.

— Il y a des actes qui ne parlent pas le même langage que le cœur de la personne qui agit.

— Mais quand on est ami, le langage des actes doit impérativement être celui du cœur.

— Tout le monde ne pense pas comme toi Kéma.

— Si tu veux m'aimer en secret, ne le fais pas. Je n'ai pas envie d'être dans le cœur d'une personne qui ne le laisse pas s'exprimer.

Elle emprunta une posture de mannequin sans le faire exprès, puis déglutit sa salive.

— Je t'ai écrit plusieurs fois Mwinda. Tu te contentais de lire sans plutôt songer à me répondre un jour. Je me suis même autorisée à croire que le succès t'avait rendue très arrogante. Je ne reconnaissais plus en toi cette simplicité et ce côté jovial.

— Tu sais pertinemment ce qui s'était passé... Je ne voulais pas faire marche arrière.

— Si tu veux aller de l'avant, pourquoi es-tu ici alors ?

Elle se leva, tourniqua pendant une minute trente dans la chambre et se sentit interpeller par les yeux que j'avais commencé à dessiner.

— Mon Dieu ! Ces yeux sont magnifiques !

— Je n'ai même pas encore fini mon travail.

— C'est de l'imagination ça aussi ?

— Oui... Enfin... Non... Ces yeux appartiennent à une personne qui existe vraiment.

— Ahhh... Donc tu as enfin fait découvrir ton talent à plusieurs personnes ? Toi qui ne voulais pas qu'on sache que tu savais si bien dessiner.

— Papa allait me vitupérer si seulement il l'apprenait.

— C'est un regard masculin là. Et ton mari, qu'est-ce qu'il en pense ?

La gêne empourpra mon visage, je voulus encore une fois éluder la question, mais son regard franc ne me quitta pas.

— Je ne suis pas mariée, dis-je d'une voix à peine audible.

— Quoi ? elle écarquilla les yeux en s'étonnant fortement...

— Pourquoi ça t'étonne autant ? Est-ce si grave que ça ?

— C'est gravissime ma chère... Toi qui voulais te marier à 23 ans... Aujourd'hui, tu en as 28.

— Je le voulais bien mais les circonstances se sont présentées autrement.

— Lesquelles ?

— Comme travailler sans arrêt.

— Tu bosses dans quoi ?

— Dans un des plus gros cabinets d'avocats du pays. Je suis juriste d'entreprise.

— Juriste ? Waouh ! Je suis si fière de toi.

— Moi aussi je le suis pour toi. Tu as pu faire ce dont tu rêvais tant.

— Il faudrait bien se décider à réaliser ce qu'on a tant rêvé autrefois, sinon ça ne servirait à rien.

— Oui en effet.

— C'est de mon mari...

— Aaah il est bien sage lui.

— Je l'avoue.

— Je suis très heureuse de te savoir devant moi. Tu m'as énormément manqué.

— J'espère qu'on aura du temps pour profiter de mon court séjour. Que ton travail ne t'empêche pas de vivre pleinement.

Nous bavardâmes ensuite pendant des heures, ce qui me fit presque oublier le travail que j'avais à rendre le lendemain. Je le fis comprendre à ma vieille amie qui ne s'était guère lassée de me raconter sa vie au Canada, elle ne s'en était pas préoccupée. Je tendis alors délicatement mon oreille à ses dires, ses souvenirs et à tous les détails de son mode de vie. À mon tour, je lui racontai ce qu'il en était de ma situation, même si son expression faciale montrait qu'elle était lasse d'entendre le mot « cabinet » qui revenait de manière sempiternelle. Elle était éprise de peur par la suite quand je lui racontais ma croisée avec l'homme aux beaux yeux cette nuit-là en quittant mon lieu de travail. « Tu es folle, et s'il te faisait du mal ? » m'a-t-elle questionné froidement.

Toutes les deux mêlées dans cette soif de vouloir raconter encore et encore, elle interrompit la conversation en me faisant gentiment comprendre qu'elle devait rejoindre l'hôtel où elle était logée. J'eus à peine un comportement de godiche en la suppliant de dormir avec moi. Hélas qu'elle m'eût dit d'une voix attendrissante que cela serait pour une prochaine fois.

Chapitre 2

Je le vis s'asseoir à même le sol comme la dernière fois. Je le vis faire un geste, essayant d'ôter ce masque de son visage. Je le vis se retenir et le garder en fin de compte. Il ferma les yeux comme pour se détendre et pour profiter de ce doux soleil qui était prêt à disparaître. Il rouvrit ces yeux par la suite. Je vis une fois de plus ces magnifiques yeux… Je m'approchai doucement de lui en laissant Mwinda dans la voiture, même si elle avait peur pour moi. Je m'approchai… La peur me tenailla le cœur… puis…

— Bonsoir ! commençai-je avant d'emprunter la même posture que lui.

Nos regards se croisèrent, ses yeux furent incroyablement beaux de plus près. À cet instant-là, je voulus lui dire de ne plus bouger pour que je dessine un portrait de lui. Je voulus le lui dire, si seulement il pouvait me comprendre. Si seulement il pouvait comprendre cette passion que j'ai du beau, cette passion qui me colle à la peau. Celle qui me hante et qui me retient les week-ends de deux heures à six heures trente. Cette passion qui me fait bon vivre, celle qui m'empêche souvent de dormir. Cette folie de vouloir peindre plus que de manger, de s'agripper à cette vie même si ma tête me conseille souvent de changer. Le beau en premier oui, mais je voulus aussi savoir qui était cet homme…

Mon bonsoir se perdit dans le vent et resta sans réponse. Son personnage commençait à dégager un certain mystère. C'est alors qu'il se leva comme si je n'existais pas, puis marcha en claudiquant jusqu'à ce que je le perde de vue.

— Tu vas bien ? s'interrogea mon amie l'air très essoufflé par la course qui l'avait ramené à moi.

— Je n'arrive à rien lire dans le regard de cet homme.

— Qu'est-ce qui te prend Kéma ? Tu ne le connais pas. Ça peut être un psychopathe.

— Mais nooon… Il claudique maintenant, qu'est-ce qui a bien pu lui arriver ?

— Qu'est-ce que cela peut te faire ? Tout ce qui t'importe ce sont ses yeux, qu'est-ce que cela peut ajouter à ta vie ?

— Je veux juste le peindre… Et puis…

— Tu délires toi. D'abord, tu passes toute ta vie à travailler comme une barge, puis tu tombes un jour sur quelqu'un qui a de beaux yeux et cela t'étonne…

— Tu ne pourras pas me comprendre.

— Tu as cessé de vivre depuis des années, si tu continues comme ça, tu risques de te retrouver très vieille avec des regrets.

— Cesser de vivre ?

— Bah oui… Ta vie se résume à traiter les dossiers, rien que ça. Tu appelles cela vivre ?

— Je peins aussi je te signale.

— C'est tout ? Mais voyons… Où est passée cette adolescente qui s'épanouissait car elle estimait que la vie était trop courte pour ne prendre qu'une seule route ?

— Elle avait tout simplement tort de le penser…

— Non c'est l'adulte qui a tort… Elle n'a plus l'occasion de découvrir d'autres chemins parce que celui qu'elle a emprunté l'en empêche.

— Qu'est-ce que tu veux que je fasse ? Que je démissionne ?

— Je connais des juristes qui gagnent très bien leurs vies, mais qui ont une vie privée, sociale et qui s'épanouissent… À un moment de la vie, il faut arrêter de subir la pression de son patron.

— Je ne manque de rien, moi j'appelle ça vivre.

— Tu manques de l'épanouissement, moi j'appelle ça cesser de vivre.

Je fronçai les sourcils en marchant d'un léger pas vers la voiture. Elle me rejoignit en me demandant de l'accompagner faire du shopping comme pour me provoquer. Mais ma réponse fut laconique :

— Non, j'ai du boulot à terminer avant demain.

Elle me regarda d'un air marquant à la fois tristesse et peine, puis me tint la main avant de me susurrer tout bas.

— C'est en faisant de belles petites choses au quotidien qu'on finit par aimer la vie.

Elle me le reprocha une fois de plus, à chaque seconde, à chaque minute qui passait. Pour elle, j'avais cessé de vivre, pour elle, je m'étais bien mise dans une tombe avant ma mort. Ces phrases retentirent dans ma tête pendant des moments où je cherchais un paisible sommeil. Elles engloutirent mon être tout entier quand elle me proposa souvent de faire un tour dans la ville avec elle et que ma réponse fut toujours négative. Je n'estimais pas qu'elle avait raison, juste que ses dires étaient beaucoup trop crus. Elle qui eut participé à mon passé, elle qui connaît ma toute petite histoire, était-elle la mieux placée pour me faire ce genre de reproches ?

Imaginez que vous êtes enfant unique de vos parents, celui qui a pu naître après trois fausses couches. Imaginez le cœur allègre de ceux-ci vous voyant naître sain et sauf, avec ce radieux sourire et cette peau rubiconde. L'échancrure de votre cou ne les laisse pas indifférents, vous l'avez pris de votre paternel. Vous êtes née et en cette nuit-là le pépiement des oiseaux fut très audible. Vous avez comblé le cœur désespéré de vos parents et vous avez vécu une enfance très heureuse. Votre père fut un diplomate et votre mère une enseignante des sciences de la vie et de la terre. Ils étaient heureux, du moins à ce qu'ils vous montraient, car leurs sourires étaient présents sur leurs lèvres mais pas sur leurs cœurs. Vous l'avez su, vous venez à peine d'être majeure, le cœur très fragile, vous avez eu du mal à vivre avec. Curieux que vous êtes, vous avez farfouillé dans le passé de vos géniteurs, à votre grande surprise vous avez découvert que votre père à une vingtaine d'années de plus que votre mère et que celle-ci n'est avec lui que pour sa fortune. La peur irradie tout votre corps, mais vous n'osez pas le faire savoir. La peinture vous console car vous aimez peindre depuis votre très jeune âge. À côté de ça, votre meilleure amie est là, celle qui est devenue au fil des années comme une sœur, vous découvrez les étapes de la vie ensemble. Malgré les vicissitudes de la vie, vous la croquez à pleine dent car votre courage est plus grand que vos épreuves. Vous avez été admis tous les deux au baccalauréat, mais à titre personnel vous avez eu mention très bien. Vous voulez toutes les deux fêter ça dans le restaurant le plus huppé de la capitale quand vous apercevez votre mère sortir d'un hôtel avec un homme qui n'est pas votre père, mais plutôt celui de votre meilleure amie. Vous êtes estomaquée, dégoûtée, ce qui venait de se passer vous a fait taire et vous a complètement déchiqueté. Deux mois plus tard, votre mère disparaît ainsi que le père de votre meilleure amie, ils quittent le pays, vont s'installer ailleurs. Vous vivez désormais avec une douleur abyssale, la relation avec votre père n'est plus la même. Quant à votre meilleure amie, elle va poursuivre ses études au Canada, elle s'en va sans vous dire un mot, vous souffrez alors en silence.

Vous décidez d'aller en fac de droit même si vous préférez faire de la peinture votre métier. Vous êtes une étudiante très brillante même si vous faites quelque chose qui ne vous passionne pas. Les cours de droit des sociétés, droit pénal, responsabilité civile, droit commercial, droit de la concurrence, droit administratif vous dégouttent et vous avez envie de tout abandonner. Mais il y a une voix aiguë qui vous dit que vous devrez continuer car vous méritez un lendemain meilleur. Depuis, vous travaillez sans relâche et c'est comme ça que vous vous êtes démarqué des autres. Après avoir obtenu un master 2 en droit international privé avec mention très bien, vous vous êtes très rapidement imposé dans le monde du travail. Vous travaillez sans relâche en vous déconnectant du monde extérieur, vous êtes dans votre monde et vous ne savez plus comment vous en sortir.

Kéma, 28 ans, célibataire et sans enfants, juriste dans un des pays d'Afrique… Voilà en quelques lignes ce qu'il en est de mon histoire.

En cette nuit où je pensai à cette histoire, j'eus la forte impression de la conter à moi-même. Elle parut tellement longue que mes remords voulurent ressurgir. Je quittai mon lit d'un léger pas en déposant mes pieds nus sur le tapis de ma chambre avant de me requinquer avec un jus de goyave. La chaleur fut torride, une goutte de sueur emperla mon front, ce qui ne me laissa pas le choix de la chasser avec un bon jet d'eau. Une envie soudaine de manger du poisson braisé accompagné des bananes frites m'obséda, moi qui pensai rarement à ce que j'allais me mettre sous la dent. Il se faisait tard et ça serait moins respectueux de ma part de demander à Céline, la dame de ménage, de concocter ce plat qui me mettait l'eau à la bouche en ce moment-là.

Je jetai un coup d'œil paresseux sur mon téléphone : 2 h 33, je réalisai en définitive que je n'avais pas de chance. Par la même occasion, j'aperçus plusieurs messages de Mwinda s'afficher sur mon écran, c'était sûrement parce que j'étais très occupée à travailler et que je ne voulais pas que l'on puisse me distraire. Hier, elle m'a rappelé que bientôt son séjour prendra fin et qu'elle regrettait que je n'eusse manifesté aucune envie de le rendre agréable. Je n'avais dit mot, sur le coup je réalisais qu'elle avait raison. De nombreuses fois, elle était venue chez moi, même si c'était tous les soirs après avoir quitté mon travail mais elle avait fourni un gros effort à essayer de faire de moi l'actrice de son bonheur ici dans ce pays. Je ne lui avais pas certes accordé toute mon attention mais elle avait une grande place dans mon cœur, elle était la sœur que ma mère n'avait pu me donner.

De mon côté moi aussi j'avais fourni un effort, celui de lui demander gentiment de venir vivre avec moi, ce qu'elle n'avait pas hésité à me faire savoir qu'elle ne voulait pas me déranger. Je m'étais sentie étrangère à cet instant où elle me donnait cette réponse, c'était son choix et j'avais fini par l'accepter. En amitié ou en amour, il y a toujours un qui aime plus que l'autre et ça aussi je devais l'accepter.

8 h 30 Comme dans mes habitudes, j'étais la première à arriver au cabinet. Cela me permettait de faire la photocopie du contrat de vente et du contrat de travail que j'avais rédigé hier en entrant chez moi. Le lieu était tellement silencieux que je retrouvais paix et sérénité. J'admirais les beaux meubles de mon bureau, ce plafond en forme de trapèze, cette photo de moi arborant ce léger sourire, Ce sol bien propre laissant paraître une

brillance impeccable, Ces dossiers empilés à ma gauche sous forme de bouquet de fleurs.

L'odeur de rose se précipita à gagner mes narines, Je souriais car je savais que c'était mon collègue de travail. La porte étant grandement ouverte, Jordan me baisa la joue avant de prendre de mes nouvelles. Après cela, il me complimenta l'air fort sérieux sur la beauté remarquable de ma nouvelle chemisette en rayure qui se trouvait sous ma veste dorée avant d'aller s'affaler dans le plus grand fauteuil de son bureau. Sa démarche m'interpella, elle était identique à l'homme aux beaux yeux mais je chassais d'un revers de la main l'idée farfelue de penser que c'était lui. Il était le comptable du cabinet et je ne voyais pas pourquoi il adopterait les mêmes habitudes que ce dernier.

Quelques minutes plus tard, ma gorge se noua, comme toujours je détestai être en ce lieu. Malgré la beauté de mon bureau et la sympathie remarquable de quelques-uns à mon égard, être ici présente ne m'avait jamais donné un sentiment de satisfaction, d'autant moins voir le visage tenace de mon patron. Un monsieur qui effleurait la soixantaine, dégageant un charisme sans le faire exprès, avec une éloquence digne d'un avocat, qui prenait plaisir à me donner toutes les taches de la terre. Quand cela lui enchantait, il le faisait obséquieusement mais la plupart du temps il m'en imposait en prenant son air cuistre et moi je n'avais pas le choix que de l'écouter et de l'obéir. Les minimes fois où j'avais essayé de lui faire comprendre que j'avais déjà assez de choses à faire, il me lançait un regard froid en rétorquant que je n'étais pas venue ici pour jouer au yoyo, et que si je ne voulais plus obéir à ses ordres, la porte était grandement ouverte.

En pensant à toutes les fois où mon cerveau a voulu lâcher par le stress, le surmenage, l'angoisse, une larme voulut jaillir sur mon visage que soudain la sonnerie de mon téléphone retentit. C'était lui au bout du fil. Sans débuter son discours par une salutation, il porta à ma connaissance qu'il a été appelé d'urgence et qu'il il allait prendre le vol pour la cote d'ivoire en ce moment même. Mes mots se réfugièrent sous ma gorge que je n'eusse pas le courage de les faire sortir de là. Sans trop réfléchir, je pris mon sac à main, fermai mon bureau à clé puis m'en allai chez Mwinda.

C'était pour la première fois que mes pieds frôlaient le sol de l'hôtel auquel elle était logée. C'est un hôtel connu de tous par sa beauté, son service de qualité et la jovialité de ceux qui y travaillent. J'avais beaucoup entendu parler de ce dernier par mes collègues de travail mais je ne prêtais aucunement attention. Je pouvais finalement admettre que j'étais béate d'admiration en regardant ce qui se trouvait en face de moi. J'eus un pincement au cœur pour la somme d'argent qu'elle dépensait alors qu'elle pouvait l'économiser en restant chez moi.

Je l'appelais, elle s'empressait de décrocher, je lui faisais savoir que j'étais au rez-de-chaussée et elle se précipitait de venir me chercher sans la moindre hésitation.

— Aaah les gens changent hein… dit-elle d'un air gavroche en arrangeant sa perruque mal mise.

— Tu viens de te réveiller et tu portes une perruque ? me questionnai-je en ayant mes yeux exorbités. Je sais que tu es mannequin mais attends. Tu n'as pas besoin de mettre une perruque pour me recevoir dans ta chambre.

— Très drôle… Qu'est-ce qui t'emmène chez moi ? En plus à cette heure ? Ne me dis pas que tu viens de démissionner parce que si c'est le cas on fête ça tout de suite.

— Tu ne veux plus que je sois juriste pour pouvoir être tout le temps avec toi, est-ce bien cela ?

— Non, je veux que tu démissionnes de ton entreprise parce que tu es sous la pression d'un homme pendant déjà cinq bonnes années alors que tu peux postuler ailleurs et être facilement recruté.

— Et qu'est-ce qui te garantit cela ?

— Ton intelligence.

— Ça ira mieux un jour.

— Si tu ne prends pas cette décision aujourd'hui, le pire sera pour tous les jours.

— Tu ne vas pas me faire la morale.

— N'oublie pas que tu me la faisais quand on était plus jeune.

— C'est quoi cette revanche ?

— Ou bien c'est à propos de ton amoureux aux beaux yeux clairs ?

— Tu es folle de croire que je puisse être amoureuse de cet homme.

— Avoir cette obsession de peindre un homme qu'on ne connaît pas, comment appelles-tu cela ?

— Je le ferai même pour une fille… C'est juste… C'est juste que ses yeux sont très beaux. Pourquoi dois-je me répéter tout le temps ?

— C'était pour te taquiner… C'est juste que tu as des actions qui inquiètent… J'ai peur que tu finisses très mal.

— Mon patron m'a appelé pour me dire qu'il ne sera pas là pour une semaine. Image le nombre de dossiers que je vais traiter.

— Au moins tu ne verras pas sa bouille. Si tu veux un conseil venant de ma part : oublie tous les dossiers et amuse-toi à fond pendant une semaine.

— C'est parce que tu es là que tu me le conseilles.

— Mes conseils ont abouti à quelque chose, regarde comment tu es très élégante aujourd'hui.

— Petite coquine… Apprête-toi et allons prendre de l'air, je crois que mon cerveau en a vraiment besoin pour aujourd'hui.

— T'es sérieuse ?

— Pourquoi pas ? Juste pour aujourd'hui et non pour une semaine.

Je pouvais lire de la joie se dessiner sur son visage. Elle sautait alors sur son lit, égaillée comme une jeune fille qui venait à peine de décrocher son baccalauréat. Je savais qu'elle était très heureuse en ce moment-là et je voulais qu'elle me communique tout naturellement cette joie. Dans les mouvements qu'elle empruntait pour manifester son bien-être ne m'étonnait pas, elle l'avait gardé de sa tendre enfance. J'avais comme l'impression de revoir tous nos beaux souvenirs défilés sous mes yeux.

Je l'admirais encore et encore jusqu'à ce que sa perruque s'échappât en laissant la moitié de sa tête nue. Il fallait être aveugle pour ne pas s'en rendre compte qu'une partie de son crâne était rasée, ce qui ne me donnait aucune force de la questionner là-dessus. Je m'étais alors dit que l'interrogatoire serait pour plus tard, de toutes les façons elle avait le droit de se raser le crâne du moment où ça lui plaisait.

Nous marchâmes fièrement dans la rue en nous racontant des petites histoires cocasses, son rire ne me laissait pas indifférente, elle n'avait jamais su le contrôler. Les piétons nous interrompirent de temps en temps pour pouvoir se prendre en photo avec elle. Je savais qu'elle était d'une grande notoriété mais d'un coup je réalisai à quel point ma meilleure amie était une grande star et je ne pouvais qu'en être fière.

Je me lassai de l'attendre, de l'observer prendre des photos sans cesse. La voilà qui me fit un signe de la main pour me signaler qu'elle avait presque fini. Mon ventre gargouilla de faim, je voulais manger du poisson braisé accompagné de la banane frite. Pour chasser cette idée de me mettre ce plat sous la dent, je balayais du regard l'endroit où je me trouvais. Je constatais d'un côté des gens qui se prenaient en photo avec la star, de l'autre côté des enfants qui jouaient au football, à deux minutes près un enfant fredonnant une chanson qui ne me paraissait pas familière. Il faut bien croire que même la musique je ne l'écoutais plus.

Je jetais un coup d'œil à ma droite, il y avait un autre enfant assis. Il avait la main gauche tendue, je m'étais rendu compte qu'il demandait de l'argent aux piétons. J'observais le comportement de ceux-ci, ils avaient l'air de prendre la situation à la légère donc ils préféraient l'ignorer et continuer leur chemin. J'avais même entendu un jeune homme avec un duvet naissant au menton lui demander avec agressivité où se trouvait sa maman avant de froncer ces sourcils en le regardant tout en allant de l'avant dans sa marche.

Ses yeux ne montaient pas, ils dégageaient une certaine souffrance que je n'avais pas attendu deux minutes pour la déchiffrer. Sa peau était d'une pâleur incroyable et donnait l'impression d'être très molle. Ses lèvres sèches présentant des débuts de gerçures étaient toutes deux collées une sur l'autre, je m'étais alors dit qu'il avait décidé de se taire car personne ne voulait l'entendre. Mais au moins, il avait sa main qu'il tendait, tout le monde pouvait avoir la même interprétation sur la situation. Comment peut-on constater que son semblable est en souffrance et choisir volontiers de ne pas l'aider ?

Je me baissais tout doucement en baladant mes doigts dans sa touffe de cheveux.

— Bonjour, lui dis-je en plongeant mon regard dans le sien.

Il ne dit mot et baissa très rapidement son regard. Je crus qu'il allait à moi aussi me tendre la main pour me demander des pièces mais hélas qu'il se mit à faire jaillir des larmes de ses petits yeux innocents. Mon cœur sonnait au rythme d'une cloche, mes lèvres brûlaient de lui dire que j'étais désolée, mes bras réclamaient de le prendre, mes yeux quant à eux traduisaient l'état de mon âme à cet instant-là. C'est alors que je mis ma main gauche dans la poche de ma veste dorée puis sortis de là ce que je voulais lui donner de tout mon cœur. Il hésita avant de les prendre, on dirait qu'il ne croyait pas en ses yeux. Il s'agenouilla par la suite pour me remercier sans arrêt, ce qui me laissa dans un état de gêne. Je voulus lui demander gentiment où se trouvaient ses parents que Mwinda vînt nous interrompre. C'est alors que je lui disais au revoir le cœur inquiet avec un signe de main avant de continuer ma promenade avec cette dernière.

Nous nous installâmes dans un restaurant très luxueux, ce moment me rappela de beaux souvenirs, surtout celui où j'avais rencontré mon plus grand amour. Il était en troisième année de comptabilité et gestion et moi en première année de lycée. Notre rencontre fut insolite, non pas comme dans les films ou deux personnes marchent tête baissée puis se bousculent mais plutôt celle où j'étais assise avec ma meilleure amie tête à tête en dégustant copieusement un plat d'ignames accompagné de poisson salé et d'aubergines et qu'un jeune homme entra soudain avec un groupe d'amis, s'installant à quelques pas près de nous sans nous balayer du regard. Je le remarquais à un coup d'œil rapide, à un coup d'œil insistant par la suite. Il dégageait un certain charisme qui saisissait tous mes sens, celui-là qui me fit entrer presque en transe. Malgré qu'il n'était plus à la portée de ma vue, son image restait figée dans ma tête et j'essayais tant bien que mal de me faire violence pour l'extirper. Son visage bien taillé faisant ressortir sa barbe en miette, ses cheveux frisés donnant l'impression de se battre sur sa tête, son corps d'athlète dessiné sous son costume taillé sur mesure, Son regard parlant le langage que seul moi pouvais comprendre, Lionel ne me laissa pas le choix d'être tombé sous son charme ce jour-là.

Ils bavardèrent un peu plus fort que d'autres dans ce restaurant et je ne pouvais qu'entendre le sujet qu'ils abordaient avec tant d'agressivité et de franchise. Je fus aussitôt distraite que Mwinda le remarquât avec un sourire narquois accroché au bout des lèvres. Lionel se leva, haussa le temps comme pour faire comprendre à ses amis que ceux qui obtiennent le baccalauréat littéraire sont moins intelligents que ceux qui obtiennent le baccalauréat scientifique. Je pouvais me taire et continuer à écouter une telle absurdité mais mon silence à cet instant pouvait me coûter toute une vie. C'est alors que je me levais audacieusement en les questionnant.

— Sur quoi basez-vous l'intelligence d'une personne ?

Ma phrase les fut taire, je sentis le regard de ma meilleure amie assoiffé de connaître la suite, celui de Lionel un peu sous le choc. Tout en gardant ma tête haute, je réitérai la question. C'est à ce moment qu'il décida de répondre.

— Nous étions trois élèves en terminal C, 13 en terminal D et 40 en terminal L. Alors dites-moi pourquoi tant de gens se dirigent vers cette série littéraire ?

— Je ne connais pas la raison de mes 40 confrères mais je connais celle de mon père. Il est passionné de littérature depuis son très jeune âge. C'est la voie qui le passionne et l'unique qu'il était dans l'obligation de suivre.

— Cela peut être aussi une raison d'échapper aux chiffres, me tromperais-je peut-être ?

— Il a touché aux chiffres, il les a aimés, ils les aiment toujours d'ailleurs mais pas autant qu'il aime les lettres. Il n'a échappé à rien. Il a juste suivi sa passion au lieu de suivre du poison.

— À quoi faites-vous allusion quand vous parlez de poison ?

— Le poison constitue les paroles que les gens tiennent à propos de la série littéraire. Ils dénigrent cette série au point de pousser les jeunes à se lancer en série scientifique et même quand la passion n'y est pas. Fort heureusement, mon père n'a pas suivi ce que les gens disent car il sait qui il est réellement et de quoi il est capable d'accomplir.

— Celui-ci n'est que le cas de votre père.

— Il y a plusieurs cas de la sorte qui existe mais que vous préférez visiblement vous voiler la face car votre avis sur le sujet ne peut changer. Mais j'ai un avis à émettre moi aussi : vous savez quoi ? Vous trouverez des jeunes qui ont échappé aux maths pour faire la série littéraire tout comme ceux qui ont échappé à la littérature pour faire la série scientifique. Vous trouverez des jeunes bons en littérature qui ont opté pour la série scientifique parce qu'ils sont bons en science aussi, tout comme ceux qui sont bons en science et en littérature et qui ont choisi la littérature. Excusez mon honnêteté mais opter pour la série scientifique n'est pas synonyme d'intelligence. Elle ouvre juste plusieurs portes que celle de la série littéraire et c'est juste cela qu'il faudra faire comprendre aux jeunes. Et puis, tout le monde n'est pas obligé de faire la même chose sinon il n'y aurait pas de complémentarité dans ce monde. Le boulanger attrapé en flagrant délit de vol peut avoir besoin d'un avocat pour le défendre, tout comme l'avocat peut avoir besoin du pain pour se nourrir. Que le choix des études ou celui de la profession de tout un chacun soit juste bien réfléchi et fait avec passion de sorte que les gens y remarquent de l'excellence.

Après avoir dégoisé ce discours qui me tenait à cœur, un silence assourdissant régnait, il n'avait visiblement plus rien à dire. Ses amis flottèrent leurs regards vers lui qu'il se sentit obligé de leur dire de l'attendre dehors. Ma meilleure amie esquissa un sourire, puis suivit cette troupe qui s'en alla en ne nous quittant pas des yeux. Lionel me sourit par la suite en me demandant mon prénom, ce qui ne m'empêcha pas de donner mon nom de famille, mes loisirs et même ma plus grande phobie. Il trouvait cela un peu exagéré et n'hésita guère à me le faire savoir. Notre conversation fut pleine d'entrain que ce jour marqua le début d'une belle histoire. Celle-là qui dura huit ans.

Je sentis mes poils se hérisser en pensant à cette histoire, aussi idyllique fut-elle. Mwinda n'était plus en face de moi, mes pensées s'étaient bien baladées au point de ne pas se rendre compte de son absence. Je balayai alors tout naturellement mon regard dans ce si beau restaurant et je l'aperçus un peu plus loin en train de téléphoner. Son attitude me semblait étrange, je pouvais lire de loin la tristesse dans son regard, la retenue de ne pas faire couler ses larmes. J'étais peut-être en train de me faire des idées, qui savait ? C'est alors que je repris mon calme en me contentant de l'attendre. À dix minutes près d'attente ; j'aperçus cet homme, oui c'était lui. Emmitouflé d'une veste et d'un pantalon qui nageait sur son corps, il n'avait rien de séduisant. Vous allez sûrement me demander comment je l'ai reconnu aussi facilement, mais n'oubliez pas que ses yeux sont captivants. Oui, c'était lui, cet homme qui dégageait un tel mystère autour de sa personne mais qui avait des plus beaux yeux du monde. Je n'allais pas tout de même me lever et sauter sur lui comme une forcenée en lui disant que c'est lui. Mais enfin, lui qui ? J'avoue que cette idée m'avait effleuré l'esprit à plusieurs reprises, alors qu'il fallait bien que je reste sage.

La sagesse dont je faisais preuve à mon sens ne dura qu'une trentaine de secondes que je me levai très rapidement quand je le vis sortir du restaurant.

— Je sais que c'est vous, m'empressai-je de lui dire en le retenant par la manche de sa veste.

— Mademoiselle. Puis-je vous aider ? me questionna-t-il d'une voix imposante.

— Oui... Qui êtes-vous ?

— Qui je suis ? Bah je suis une personne comme vous. Vous avez d'autres questions madame ?

— Sûrement... Écoutez... Nous nous sommes déjà vus, j'espère que vous vous rappelez ?

— Et si c'était le cas, où est-ce que vous vous voulez en venir ?

— C'est ma première fois de voir un homme se balader avec un visage couvert dans ce pays et ne m'entrant que ses yeux.

— Est-ce bien cela qui vous impressionne ?

— Non. Enfin. Vous ne voulez pas qu'on vous reconnaisse c'est ça ?

— Êtes-vous de la police ?

— Nooonn. C'était juste une question

— Le sens de votre question me désarçonne.

— Je vous croyais muet. Pourquoi la dernière fois n'avez-vous pas répondu à ma salutation ?

— J'essaye tant bien de répondre à vos questions en ce moment mais j'avoue qu'il y a quelque chose qui m'intrigue chez vous.

— Et laquelle ?

— Vous êtes peut-être une folle qui s'ignore, vous devez penser à vous faire consulter.

— Vous m'insultez là.

— Je ne le ferai pas, je vous rends juste un service. Je vous prie de m'excuser, j'ai un rendez-vous dans une trentaine de minutes. Au revoir !

Je restai là inerte en me demandant pourquoi cette situation s'était déroulée ainsi. Je me posais aussi la question de savoir pourquoi cet homme avait presque tout son visage couvert et passait ses soirées assis dans ma ruelle près de chez moi. L'idée de ses beaux yeux commençait à se dissiper de ma tête, il me fallait savoir qu'il était réellement.

Mwinda et moi continuâmes la balade et profitâmes de l'instant présent. J'eus comme l'impression de découvrir de nouveau la nature, sa splendeur m'égayait. Ce fut beau d'être dans ce monde hors de ma demeure et de mon travail. Je pouvais respirer, rire aux éclats, parler à haute voix, palper la joie. J'avais cette envie de me dire cette phrase « Sors, va voir ce qui se passe dehors, tu te rendras compte que tu avais tort de te construire une vie pleine de remords » Oui j'étais loin de cette prison, loin de tous ces documents, loin de ce personnage qui était mon patron, loin de de ces maux qui m'écrasaient tout le temps. Je pouvais voir à nouveau comment les hommes vivaient, comment ils luttaient pour ne pas baisser les bras, comment leurs regards étaient fiers de profiter de la vie. Moi autrefois qui fus une des leurs, les circonstances de la vie m'ont traîné à terre et je me suis contentée que de ramper. Oui, je viens de le reconnaître à nouveau, ma vie présente n'a jamais fait partie de mes pensées passées, ce sont juste les épreuves qui se sont encaissées et que je n'ai pas pu me relever.

Je m'accoudai sur cette branche d'arbre avec un sourire accroché aux lèvres. Ce vent impétueux balançait de gauche à droite mes tresses faites de mèches x-pression, ce qui me donnait une allure de Janet Jackson dans le film *Poetic justice* sur les photos que Mwinda ne se lassa pas de prendre. Elle me fit comprendre d'une voix suave que c'était moi la star du jour et que je devais en profiter. Elle avait raison, je me plaisais de profiter de ce jour en sa compagnie.

Après la séance photo, nous fîmes un tour dans l'hôtel auquel elle était logée pour profiter du bon temps au bord de la piscine. J'étais si belle dans ce bikini vert citron qui épousa si bien ma taille de guêpe, enfin mon amie venait aussi de l'affirmer.

— Cela m'étonne que tu refuses de te mettre en bikini, affirmai-je en me prenant en photo.

— C'est toi que j'ai envie de voir profiter, pas moi

— Je te remercie infiniment mais je veux vivre ces instants avec toi.

Elle détourna son regard l'air chamboulé avant de renouer son foulard.

— Est-ce que tout va bien Mwinda ?

— Oui, oui pourquoi ?

— Quand j'ai fini de parler avec le mystérieux monsieur, je t'observai et je peux conclure que tu étais prête à couler une larme.

— Mais non… Enfin, c'était mon mari qui voulait que je rentre pour trouver une… Une nouvelle nounou pour les enfants car l'actuelle est hospitalisée.

— Oh ! Ça doit être dur pour ton mari de jouer deux rôles à la fois, surtout qu'il est tout le temps entre deux avions. J'ai comme l'impression que tu ne veux plus rentrer.

— Je me sens mieux ici.

— Tu es venue pour y habiter définitivement on dirait… Ça fait des mois que tu es ici mais tu ne m'as jamais dit pourquoi tu es revenue ? Est-ce pour me voir ou pour autre chose ?

— Les deux.

— La première raison c'est pour me voir, et l'autre alors ?

— On dirait que ça ne te plaît pas de me voir encore ici.

— Bien sûr que oui mais j'avoue que je commence à te trouver un peu étrange.

— Tu ne devrais pas… J'ai une vie de célébrité maintenant et je fais face à beaucoup de choses au quotidien.

— Et tes cheveux, pourquoi tu les caches tout le temps alors ?

— Est-ce ce qui peut bien t'inquiéter ?

— J'ai vu une partie de ton crâne et il est rasé, c'est cela qui m'inquiète.

— Tu ne devrais pas. C'est vrai que tu sais que j'aime avoir des cheveux longs mais être mannequin m'a poussé à avoir plusieurs styles.

— Si c'est le cas, tu ne devrais pas me les cacher comme tu le fais.

— C'est juste que j'avais peur que tu te moques de moi.

— Je vois. Mais rassure-toi que le jour que tu oublieras de mettre la perruque ou ton foulard, je me moquerai si bien de toi.

— Je te déteste ! Mais dis-moi, quand est-ce que tu vas arrêter de poursuivre ton homme mystérieux là ?

— Quand je saurai ce qu'il cache.

Elle garda son silence avant de me caresser la main.

— Moi aussi je m'inquiète pour toi.

— À propos de quoi ?

— J'ai bien peur que tu commences à perdre la tête. Demain si tu veux je t'accompagnerai te faire consulter.

— J'hallucine ! Tu me traites de folle ?

— Loin de là mon idée de te vexer, c'est juste que je veux t'aider.

— Nous n'irons nulle part… Cet homme a une vie à cacher et je le saurai.

— Et ses yeux alors ? Tu vois comment une fois de plus ton état mental laisse à réfléchir.

— Je n'arrive pas à croire que ma meilleure amie qui me connaît le mieux me traite de folle alors que je ne le suis pas.

— Ça va, calme-toi.

Mon regard s'assombrissait, mes mains devinrent moites de peur et de colère, mon cœur battait si fort que je pouvais l'entendre. Je voulus quitter ce lieu sans lui dire mot que j'aperçus soudain de loin un monsieur : c'était mon patron. Il sortait de la voiture avec une dame qui n'était pas sa femme. Elle avait un léger sourire qui faisait ressortir ses belles dents blanches. Vêtue d'une robe faite de tissus en pagne qui épousait copieusement ses courbes, elle était d'une beauté et d'un charme à couper le souffle. Elle le tenait par la main, si fière, qu'on ne pouvait pas se dire qu'elle n'était qu'une amie ; ni une connaissance à lui mais bien plus. Si ébouriffée en apprenant l'infidélité de mon patron, je sentis ma gorge se nouer avant de prendre Mwinda par la main et de la conduire d'une rapidité extrême derrière la voiture noire bleutée qui se trouvait non loin de nous.

— À quoi tu joues ? susurra-t-elle fort troublée.

— Ne me dis pas que j'hallucine encore. Rassure-moi s'il te plaît, répondis-je d'une voix enrouée en la regardant l'air très inquiet. T'as raison, je vais finalement me faire consulter.

— Demain, ça marche ?

Je ne dis mot, mon regard noircit de peur, tout comme mes idées aussi. Une vague de désespoir envahit tout mon être, le regard inquiet de mon amie me donna envie de disparaître. J'étais là, coite, ne sachant plus quoi faire.

Je les observai toujours jusqu'à ce qu'ils se mirent debout près de là où nous étions il y a quelques minutes. Une sueur emperla si délicatement mon front que je saisissais la petite main de Mwinda comme pour recevoir son réconfort. Elle me regarda étrangement avant de me faire revenir à la raison.

— Ne me dis pas qu'ils vont se mettre si près de nous. Mon mari me manque assez comme ça pour que je m'efforce de regarder des gens s'amouracher. Allons prendre nos affaires puis changer de place.

— Reste là, me précipitai-je de la retenir.

— Non mais tu vas arrêter ce cinéma et me dire ce qui se passe ?

— Je n'hallucine pas en fin de compte. C'est mon patron.

— Comment ça ton patron ?

— Oui, celui qui est censé être en voyage d'affaires.

— Quoi ? Mais qu'est-ce qu'il fait là alors ?

— Je me pose la même question

— Quelle audace ce monsieur ! Allons lui dire deux mots.

— Calme-toi… Je vais lui lancer un appel sur WhatsApp.

Je sortis délicatement mon téléphone portable puis l'appela.

Il regarda son téléphone vibré cinq fois de suite et décida enfin de répondre.

— Kema ?

— Oui Monsieur, bonsoir ! Comment allez-vous ?

— Un peu fatigué… Qu'est-ce que tu veux ?

— Je vous comprends… Et le voyage s'est bien passé ?

— Plus ou moins… Je suis en réunion avec des clients en ce moment… Je te rappelle plus tard.

— Je…

Puis il me raccrocha au nez sans aucun scrupule pour se blottir dans les bras de la charmante demoiselle. Le regard de mon amie était ténébreux, elle voulait que je finisse avec cette histoire. Elle prit mon téléphone sans demander mon avis et prit en photo mon patron tête déposée sur la cuisse droite de sa maîtresse avant de me conduire dans sa chambre d'hôtel.

Chapitre 3

Il était 9 h 30 quand le réveil sonna et que je le prolongeai de quarante-cinq minutes sans que je ne puisse me sentir coupable. Je sentais mon cerveau s'aérer, mon cœur sourire et ma peau dégager une fraîcheur incroyable. Je jetai un coup d'œil rapide à mes côtés, Mwinda n'était plus là. *Elle prend sûrement sa douche.* Je voulus profiter de mes quarante-cinq minutes de sommeil, mais mes pensées étaient maîtresses, elles se baladèrent un peu partout pour enfin écourter le moment de pur bonheur que je ressentais. Je me sentis tout d'un coup faible et très mélancolique. Je pensais précisément à mon patron qui prenait plaisir à me rendre la vie insupportable sans que je ne puisse m'en rendre compte ou sans que je ne puisse réagir. Je pensais à ce boulot de juriste que je détestais tant mais que j'exerçais parce que c'était le choix de mon père et que je gagnais très bien ma vie. Est-ce que l'argent devrait-elle être la seule motivation pour faire le choix d'un métier ? C'était pour la première fois que je me posai cette question.

— Kéma, est-ce que tout va bien ? me questionna mon amie avant de me rejoindre.

— Oui… Enfin… J'étais en train de penser.

— À quoi concrètement ?

— À tout…

— Ce n'est pas une réponse concrète. Écoute Kéma, tu as passé cinq bonnes années de ta vie à penser, tu dois comprendre une bonne fois pour toutes que si tes bonnes pensées ne sont pas traduites en action, tu perds tout simplement ton temps.

— Est-ce que tu penses que ne pas être présente pendant une semaine au bureau est une solution ?

— Non… En revanche, démissionner en est une.

— C'est plus facile à dire qu'à faire.

— Qu'est-ce qui te retient alors ?

— Je gagne bien ma vie.

— Ce que tu appelles bien gagner ta vie t'a fait perdre ta joie de vivre. Préfères-tu la santé mentale ou la santé financière ?

— Je n'en sais rien… Les deux sûrement.

— Arrête de faire autant de mal alors que tu peux encore bien orienter tes choix.

— Et si c'était trop tard ?

— Il n'est jamais trop tard. Dit-on.

Je quittai mon lit d'un pied ferme avec un semblant de sourire, ce dicton célèbre venait de me réchauffer le cœur.

— Qu'en est-il pour Lionel et moi ? la questionnai-je d'une voix vacillante en admirant le paysage à travers la fenêtre de la chambre d'hôtel de ma meilleure amie.

Elle resta silencieuse pendant un moment avant de me répondre…

— Attends… Tu es sérieuse là ?

— Tu as l'air très surpris alors que tu ne devrais pas, je t'ai raconté dernièrement ce qui s'était réellement passé.

— Pour quelqu'un que tu as invité au restaurant il y a cinq ans de cela pour lui faire comprendre que vous ne pouvez plus continuer parce que ton travail ne te permettait pas… Et aujourd'hui tu oses penser revenir dans sa vie ?

— Le pire est que je ne lui ai même pas laissé le temps de s'exprimer et que je lui ai dit de m'oublier. Qu'est-ce qui m'avait pris ce jour-là ?

— C'était une très mauvaise décision... Mais bon...

— Je sais ce qu'il faut faire.

— Tu vas l'écrire, le revoir puis lui demander des excuses. Mais tu es très inquiète pour sa réaction après ton message.

— Tu recommences à relire dans mes pensées là.

— Je suis ta meilleure amie, je te signale.

Puis elle me tendit mon ordinateur qui se trouvait à ses côtés avant de m'inviter à la rejoindre. Grande fut ma surprise quand je reniflais la forte odeur de l'hôpital qu'elle dégageait. Nos regards se croisèrent et elle me tendit son plus beau sourire.

— Allez vas-y ma belle, de toutes les façons tu n'as rien à perdre.

Je restais là, silencieuse, pendant deux minutes. Oui, je n'avais rien à perdre mais je commençais à perdre confiance en elle, à cet instant là je m'étais dit qu'elle avait quelque chose à cacher.

— Voilà, tu peux l'écrire... il faudrait que tu te bouges là, affirma-t-elle en déposant sa main sur la mienne.

Elle était tiédasse que je ne puis douter de mes soupçons : Elle me cachait une partie de sa vie, mais laquelle ?

— Je réfléchis sur ce que je vais l'écrire, la rassurai-je pour qu'elle ne se rende pas compte de mes soupçons à son égard.

— Vas-y... Libère-toi.

Je pris mon courage à deux mains puis...

— *Salut Lionel !*

Trente minutes sans réponse.

— Ne t'inquiète pas, il finira par répondre.

Au moment qu'elle eut terminé sa phrase, un nouveau message s'afficha sur l'écran de mon ordinateur.

— *Salut Kéma ! Ça fait une éternité, est-ce que tout va bien ?*

— *Tout va bien, rassure-toi… Je sais que je ne devrais pas le faire, mais je tenais quand même à le faire.*

— *Faire quoi ? De quoi tu parles Kéma ?*

— *J'aimerais qu'on parle.*

— *C'est ce que nous sommes déjà en train de faire. En quoi puis-je t'aider ?*

— *Je n'aimerai pas que cette conversation puisse avoir lieu au téléphone. Ça te dirait qu'on se rencontre ?*

— *Kéma, à quoi tu joues là ?*

— *Demain à la corniche ça te dit ?*

— *Demain, ça ne me dit pas, aujourd'hui en revanche oui. Je ne travaille pas loin de la corniche, si tu veux on peut se rencontrer pendant mon heure de pause.*

— *C'est parfait ! À tout à l'heure alors.*

— *Toujours à côté du palmier dont le tronc est peint en bleu ?*

— *Oui, oui.*

— *Je t'attendrais à 13 h, pas plus pas moins.*

Je me sentis soudain électrocutée par tous ces souvenirs, par ces huit merveilleuses années passées ensemble, par le retentissement du son de sa voix, par tout de lui.

— Je vais chercher une belle tenue pour ton rendez-vous. Réfléchis bien à ce que tu vas lui dire et à ce que tu vas faire par la suite car quand on a brisé le cœur d'une personne, les mots ne suffisent parfois pas pour le réparer.

« *Quand on a brisé le cœur d'une personne, les mots ne suffisent parfois pas pour le réparer* », c'est avec cette phrase qu'elle me laissa dans cette chambre, cette phrase qui permettra que l'émotion me parcoure l'échine, cette phrase qui fut si violente et terrifiante.

Il était 12 h 55 minutes quand je m'approchais du palmier peint en bleu de la corniche. Mes pas étaient si lourds que je sentais un fardeau sur mon dos très dur à coltiner. J'allais faire face à mon passé et c'est ce qui me terrifiait le plus. Cet endroit racontait toute une histoire dont Lionel et moi ne pouvions jamais oublier. Cet endroit était devenu notre passé, notre présent dans quelques poussières de minutes, et qu'en sera-t-il pour le futur ?

12 h 59, voilà un jeune homme qui se positionna à côté de ce fameux palmier en regardant sans cesse les aiguilles de sa montre. Cette phrase me revenu comme un feu de détresse : *Je t'attendrai à 13 h, pas plus pas moins.*

Il était 13 h exacte et le jeune homme qui se trouvait nez à nez du palmier était l'homme mystérieux aux beaux yeux. Mon sang se glaça, un fouet de frayeur me paralysa les membres, ma vue se brouilla, c'est comme si le ciel venait de me tomber dessus.

— Enfin, j'ai pu respecter l'heure… Je dois être fière de moi, disais-je pour commencer tout en masquant mon trouble et mon mal être.

— Peut-être parce qu'il fait beau aujourd'hui, rétorqua -t-il avec une voix aussi différente que celle que j'ai connue cinq années avant.

— Ça fait bizarre de se retrouver ici après cinq ans.

Il ne dit mot, je pouvais comprendre ce silence.

— Je me suis retirée sans raison valable, je le reconnais et je suis profondément désolée. Je sais que je ne mérite pas ton pardon mais permets-moi de te le demander avant qu'il ne soit trop tard. Je te prie de me pardonner.

— Quand on a brisé le cœur d'une personne, parfois les mots ne suffisent pas pour le réparer. Dixit le célèbre footballeur Mayélé Pasmoukier.

Il parlait de l'époux de Mwinda, je compris pourquoi elle me l'avait dit ce matin.

— Mais pour ne pas s'efforcer de souffrir encore, mieux vaut pardonner, même si ce n'est pas toujours facile, poursuivit-il.

— Cela veut dire que tu me pardonnes ?

— Je ne m'obstinerai pas à accentuer tous les jours mon mal être.

— Et en amour, est-ce que le pardon accordé est synonyme de réconciliation ?

— Beaucoup plus de libération... Le cœur peut tomber amoureux d'une personne hier, vouloir d'elle en amitié aujourd'hui et en simple connaissance demain.

— Et en ennemie alors ?

— L'amour ne peut se transformer en haine qu'en absence de maturité.

La sagesse dont il faisait preuve me réconfortait. Je restai silencieuse pendant une minute, sa posture était étrange, il parlait les yeux rivés à ses doigts frêles qu'il craquetait sans arrêt.

Il a toujours été doté d'une grande sagesse et c'est ce qui me plaisait le plus chez lui.

— Je ne sais pas quoi dire.

— Même quand tu n'ouvres pas ta bouche, le silence se charge de parler pour toi.

Il se leva, regarda sa montre avant de me laisser avec ces mots :

— Demain on se retrouve à la même heure... Il n'est jamais trop tard pour poursuivre l'histoire d'un roman d'amour qu'on avait arrêté d'écrire il y a cinq ans passés.

Cœur allègre, sourire aux lèvres fredonnant la chanson du jeune marin apprise en classe de CM2, ça faisait longtemps que je m'étais senti aussi bien. Je sonnais brillamment à la chambre d'hôtel de Mwinda qu'elle ouvrit avec empressement…

— C'était plutôt rapide, souligna-t-elle très confuse.

— Quoi je te dérange ?

— Mais arrête de jouer à l'étrangère. C'est juste que…

— Que quoi ? Tu as quelque chose à me dire ?

— Mais nooon… Juste que je rangeais une tonne de médicaments que je dois rendre à tata Sally, j'espère que tu n'as pas oublié qu'elle travaille en pharmacie.

— Ah ouais… J'avoue que ce matin la chambre avait une forte odeur de médicament.

— C'est insupportable n'est-ce pas ? Excuse-moi pour cela. Je partirai rendre tout ça en fin de soirée.

Je souriais timidement, j'étais soulagée du fait que mes soupçons se soient aussi vite dissipés.

— En parlant de toi… Raconte-moi tout, comment ça s'est passé ?

— Ouf !

— Tu es une très belle femme, tu devrais un peu plus te mettre en valeur. Remarqua-t-elle

— À vos ordres, madame.

— Alors ?

— Je l'ai rencontré et nous avons parlé

— Et ?

Je massais délicatement mes paupières avant de la prendre brillamment dans mes bras. Puis je lui racontais tout sans négliger aucun détail. Un sourire de soulagement se dessina sur ses lèvres que je compris qu'elle était autant heureuse que moi.

— Tu sais c'est quoi le plus surprenant ? susurrais-je.

— Qu'il puisse vouloir te revoir demain.

— Loin de là… C'est lui l'homme mystérieux aux beaux yeux ?

Elle quitta son siège en déposant ses deux mains au niveau de ses hanches, estomaquée.

— Tu plaisantes j'espère ?

— Pourquoi me permettrai-je ?

— Non mais c'est fou ça. Comment n'as-tu pas pu t'en rendre compte depuis longtemps ?

— Il se promène en cachant son visage… Ses yeux ne pouvaient me donner un indice.

— On n'oublie pas la couleur des yeux de la personne qu'on a follement aimée.

— Ses yeux ne sont plus les mêmes. C'est ce qui est bizarre.

— Ah ouais ? En cinq ans seulement.

— J'étais très confuse.

— Et tu ne lui as pas demandé pour quoi ce changement ?

— Je le ferai sûrement demain.

— Qu'est-ce qui te fait dire que c'était lui ?

— Non mais arrête avec tes questions idiotes.

— Bah j'ai comme l'impression que tu as parlé à une autre personne.

— Pourquoi tu veux tout gâcher ?

— Loin de là mon intention.

— Il est arrivé une minute avant 13 h, il regardait sans arrêt sa montre et personne d'autre n'a voulu se poser à côté du palmier pendant qu'on parlait et il a tout le visage couvert.

— Et il a des yeux qui ne ressemblent pas aux siens.

— Peut-être qu'il porte maintenant des lentilles

— Probable… Et puis si ce n'était pas lui, il allait s'étonner que tu puisses lui parler de cette situation alors qu'il n'en savait strictement rien.

— Ouais, il parlait en connaissance de cause.

— Tu vois, il te faut un peu plus oser dans la vie.

— J'avoue que tu marques beaucoup de points là.

— J'ai hâte que demain arrive.

— Et moi alors ?

— Allez viens, j'ai une très grande boutique à te faire visiter.

Elle m'emmena dans une luxueuse boutique de vêtements pas loin de l'hôtel dans lequel elle était logée, les articles étaient d'une beauté rare que je ne pouvais m'empêcher de les toucher à tout bout de champ.

— Tu peux les essayer au lieu de les toucher, tu sais, me disait-elle d'un sourire rayonnant.

— Ouais t'as raison. Attends-moi ici.

Je ramassais alors tout ce qui frappait à mes yeux avant de me mettre dans la salle d'essayage. Quand je sortis pour lui montrer à quoi je ressemblais avec cette robe mauve qui semblait être faite pour moi, elle n'était plus là. Mon regard se baladait un peu partout jusqu'à la retrouver au téléphone à la sortie de la boutique avec des larmes qui emperlaient si bien son visage. Mais qu'est-ce qui ne va pas dans sa vie ?

— Madame, puis-je vous aider ? me questionna un monsieur si bien vêtu.

— Non merci. Ma meilleure amie a disparu et je la cherchais un peu partout.

— Vous l'avez retrouvé, il me semble ? constata-t-il en suivant mon regard rivé sur elle.

— Oui, merci.

— Cette robe vous va à ravir, c'est comme si elle a été faite pour vous.

— Ah ! Je vous remercie.

— Vous avez un très beau sourire.

— C'est très aimable de votre part.

— Non ne me remerciez pas, c'est l'entière vérité.

Je ne dis mot jusqu'à ce qu'une dame l'appela de toute urgence. Il me lança cette phrase dont je devrais déchiffrer le message :

— Servez-vous de votre beau sourire pour illuminer la vie des gens qui vous entourent. Surtout celle de votre meilleure amie, elle en a vraiment besoin en ce moment.

Qu'est-ce qui ne va pas dans sa vie ? m'étais-je encore posé la question que jusque-là restait sans réponse. Mes soupçons renaissaient aussitôt que je me contentais de les repousser. Il était bien vrai qu'elle était en larme mais cela ne justifiait pas que c'étaient des larmes de malheurs. C'était vrai que la phrase du monsieur semblait décrire sa situation actuelle mais peut-être qu'il avait cru comme moi que les larmes qui ruisselaient sur son visage furent celles de douleur. De toutes les façons, la vérité ne supporte pas qu'on la camoufle quelque part, elle finira par s'étouffer et à exploser tôt ou tard.

— Mon Dieu ! Comme tu es R.A.V.I.S.S.A.N.T.E, s'écria -t-elle en me surprenant.

— Il faut toujours que tu disparaisses, je suis habituée.

— Mon fils m'a fait pleurer, il me manque énormément.

— Je l'ai remarqué. Je suis vraiment désolée.

— Et moi qui voulais profiter de mon pays après dix ans d'absence, je crois que mon retour ne va pas tarder.

— Je te comprends.

— Ne fais pas cette tête. Cette robe te va à ravir, on la prend pour ton rendez-vous de demain ou tu veux encore essayer quelque chose d'autre ?

Je ne dis mot, mes yeux se figèrent sur le message que je venais de recevoir. Je reçus comme un coup de massue en plein cœur.

— Est-ce que tout va bien Kéma ?

Sa question accentua le coup de détresse que je venais de recevoir, mes lèvres tremblèrent avant de lui montrer ce message :

— *Je tiens à m'excuser de ne pas être là à 13 h comme prévu, on m'a appelé de toute urgence dix minutes après notre conversation. Mon épouse avait des contractions et il fallait que je puisse être là pendant l'accouchement de notre premier enfant. Tout va bien, c'est une jolie petite fille. Si tu veux, on pourra se rencontrer demain comme tu l'avais proposé.*

Chapitre 4

Cela faisait deux jours que j'étais plongé dans ce grand lit,
Deux jours que je sentais mon cœur meurtri,
Deux jours tristes et vides,
Me demandant ce qu'était réellement la vie ?
Deux jours de peur, d'angoisse, de ressenti, de mépris,
Deux jours de pleurs, de poisse, endormie

Oh triste était mon sort !
Oh brusque était de reconnaître que j'avais tort
De mettre l'amour dans les tiroirs,
Cet acte qui m'a fait choir.

La nuit tombait dans mon cœur
Et la lumière apparaissait par erreur
Comme pour dire que ce n'était pas là sa place
Elle se dissipait alors rapidement pour ne pas laisser de traces.

C'est ainsi que je sombrais dans la pénombre,
Comptant le nombre
De fois que la vie avait fait de mon cœur un marbre.

Un jour ensoleillé et six jours attristés
À ne croire que les moments de malheur

Sont plus nombreux que les moments de bonheur.
Si ce n'est pas le cas, alors dites-moi pourquoi la souffrance
est-elle toujours répétée ?

Ces mots coulaient à flots sur une feuille blanche qui traînait sur le chevet de mon lit, je déposai par la suite mon stylo après cette dernière interrogation. La souffrance qui sourdait en moi était insupportable, ces deux jours passés seule dans ma chambre n'avaient fait qu'empirer ma situation. La meilleure manière de se sentir très mal est celle de déterrer une mauvaise situation passée en l'associant avec celle du présent.

Le départ de ma mère et de ma meilleure amie, le silence de mon père, le mauvais choix de la fac de droit où ces cinq ans furent une terrible souffrance émotionnelle, le mauvais choix du métier de juriste où j'ai cru mourir pendant 5 ans également et aujourd'hui un espoir éteint de la manière la plus fracassante par un SMS. Que vais-je devoir faire pour pouvoir me relever ?

La sonnerie de mon téléphone retentissait, c'était Mwinda.

— Toujours dans ton lit ?

— Je ne suis pas d'humeur pour répondre à tes questions. Je vais bien et tu n'as pas besoin de t'inquiéter.

— Tu sais très bien que c'est faux. Je viens te chercher tout à l'heure.

— Ce n'est pas la peine. Il faut que je revoie cet homme, qu'est-ce que tu en penses ?

— Il doit se marrer de t'avoir fait croire qu'il était Lionel… Tu comptes le revoir où ?

— Je ne sais pas. Je vais peut-être repartir à la corniche à 13 h exacte.

— Bonne idée. N'oublie pas de le démasquer.

— Comptes sur moi.

— Allez, tiens-moi au courant.

Je regardais sur ma montre et il était 11 h, j'avais deux heures pour me préparer et je ne savais pas pourquoi cela m'angoissait autant. Au début, je pouvais me rapprocher de lui sans crainte mais depuis le coup qu'il m'avait fait il y a deux jours, j'eus bien peur qu'il puisse être quelqu'un de dangereux. La peur y était certes mais nos rencontres insolites m'intriguaient un peu. Et si mon destin était lié au sien ?

La corniche était peuplée à cette heure-là, surtout les week-ends. Tout le monde venait pour souffler un peu, profiter de cet air frais. J'étais très heureuse de voir ces petites familles se balader main dans la main, ces enfants joyeux sur des chevaux, ces musiciens chantonnant parfois çà et là, ces sourires que certains me lançaient en guise de salutation. Je m'assis alors sur la grosse pierre qui se trouvait en face du fameux palmier en essayant de calmer mon cœur qui ne cessait de battre.

13 h 7 toujours rien, j'avais attendu pendant sept minutes de plus. Un jeune homme s'approcha, il avait un plateau d'arachides sur sa tête, il s'arrêta devant moi et me proposa d'en acheter. Je lui fis gentiment comprendre que je n'avais pas envie de grignoter des arachides en ce moment précis. Il insista en restant figé devant moi. Je gardais mon silence, détournant mon regard vers le spectacle de danse qui se déroulait en face de moi. Ne ressentant plus sa présence après 5 minutes, je regardai à nouveau l'horloge de ma montre. En décidant de me lever pour quitter ce lieu, j'entendis sa voix.

— Je n'ai pas respecté l'heure, je ne dois pas être fier de moi.
— Peut-être parce qu'il fait moins beau aujourd'hui.
— Et c'était quoi la suite ? J'ai oublié.
Je lui lançai un regard sec, il prit peur…

— Vous allez arrêter votre cinéma tout de suite et me dire qui vous êtes ? lui imposais-je en grinçant mes dents.

— Ne vous efforcez pas d'être impulsive, ça ne vous va outrageusement pas.

— Je n'ai pas envie de dialoguer avec vous aujourd'hui alors vos belles phrases vous pouvez les garder pour vous.

— Si vous n'avez pas envie de dialoguer, pourquoi êtes-vous ici alors ?

— Je suis ici pour vous dire que je sais que vous vous êtes pris pour une personne que vous n'êtes pas

Il s'esclaffa pendant une minute puis pris son air le plus sérieux.

— Ça m'a tellement amusé d'être dans la peau de quelqu'un d'autre.

— Vous ne pouvez pas imaginer le mal que ça m'a fait

— Ah bon ? Pourtant j'ai été très gentil avec vous.

— Vous le pensiez réellement ou c'était parce que vous vouliez être gentil ?

— Tout ce qui sort de ma bouche sort forcément de mon cœur

— Et voilà que vous recommencez.

— Donc comme ça vous avez eu une histoire il y a cinq ans avec quelqu'un ?

— Ce n'est pas votre problème. Si vous croyez que je suis venue ici pour vous raconter ma vie, vous vous fourvoyez.

— On va faire simple : racontez-moi vos problèmes, peut être que vous vous sentirez libre après.

— Pourquoi voulez-vous que je vous raconte mes problèmes ?

— Parce que moi aussi j'en ai plein et je sais ce que ça fait quand tu n'as personne pour te comprendre.

Je me croyais dans un film de suspense, je n'aimais pas la manière dont se déroulait cette conversation. Pour mettre fin à cela, je bombais mon torse et lui disant droit dans les yeux :

— Nous ne sommes pas dans un film, redescendez sur terre. Et surtout, ne vous approchez plus jamais de moi.

Il me fixa intensément et me retenu par la main…

— Je ne suis pas aussi mystérieux comme vous le pensez, je suis juste un homme qui a choisi de mettre un masque visible parce que certains préfèrent en avoir un invisible. Je suis un homme dont les choix n'ont pas toujours été bons mais qui continue de lutter.

— Qui êtes-vous alors ?

— Je suis un homme dont les choix n'ont pas toujours été bons mais qui continue de lutter.

Le suspense dura deux minutes avant qu'il se décide de me laisser. Il savait sûrement que sa dernière phrase me ferait réfléchir, eh oui elle me semblait plus qu'une coïncidence.

— *Je suis une femme dont les choix n'ont pas toujours été bons mais qui a décidé d'abandonner,* monologuai-je avant de sentir ce vent impétueux sifflé dans mes oreilles.

En sortant de ma torpeur, je regardais tout autour de moi après que cet homme s'était aussi rapidement dissipé. Je constatais à peine qu'il y avait une dame à mes côtés qui, feignant de feuilleter son roman avait une oreille attentive à notre conversation. Je la reconnus de dos, c'était ma meilleure amie.

— Ça y est, tu peux arrêter de faire semblant, la surprenais-je dans son air de fausse concentration.

— Tu me reconnais même de dos, c'est étrange ça

— Tu te couvres le visage avec un énorme chapeau en croyant que je ne vais pas te reconnaître ?

— Tu me connais un peu trop, tu ne trouves pas ?

— Là ne devrait pas être la question. Dis-moi, pourquoi m'as-tu suivi ?

— J'ai juste peur qu'on te fasse du mal

— Tu n'as pas à t'inquiéter.

— Cet homme me semble de plus étrange

— De toutes les façons, je suis déterminée à savoir ce qu'il est ou ce qu'il cache

— Tu as mon soutient, fais juste attention à toi.

— Viens avec moi, j'ai envie de marcher un peu.

Je lui tendis la main pour qu'elle se relève sans difficulté, sa main était très chaude, cette fois-ci les soupçons de la fois dernière n'y étaient plus. Nous marchâmes alors tout au long de la corniche, ce qui nous donnait l'occasion de discuter, de rigoler et de nous taquiner. C'était grâce à elle que je savourais à nouveau cet air et je ne puis m'empêcher de le lui avouer et de le remercier. Le moment était parfait, elle toujours dans sa manie de me prendre en photo sans arrêt, de toutes les façons demain elles ne seront que des souvenirs.

Après avoir traversé ce rond-point d'une rapidité extrême, vu le nombre de voitures qui ne cessaient de klaxonner, le cri d'un adolescent se fit entendre tel un écho. Il s'écria pendant quelques secondes et se tut à jamais. Il était là, couché à même le sol en train d'agoniser, je le reconnus : c'était le vendeur d'arachides de tout à l'heure. Cet enfant était désormais sans vie, par la faute de deux conducteurs de voitures qui n'avaient pas su freiner quand le garçonnet traversait. Enfin, vu les disputes des gens tout autour, c'est ce que j'ai dû comprendre. J'avais aussi compris par les dires de sa petite sœur que le garçonnet s'inquiétait sûrement parce qu'il n'avait pas obtenu la somme d'argent escomptée par sa marâtre, il allait alors être battu s'il ne ramenait pas une certaine somme d'argent à la maison. Je gardais mes yeux fermés en me cramponnant à ma meilleure amie, ma plus grande phobie c'est de voir du sang jaillir. Alors je fus autant traumatisée en le voyant frôler la mort ainsi qu'en voyant ce sang tout autour de sa personne.

Mwinda me ramena chez moi, elle était là quand ce garçon me suppliait d'acheter ses arachides et imaginait sûrement ce que je pouvais ressentir à cet instant-là. J'avais envie de repartir dans le passé et lui prêter un peu mon attention. J'aurais pu lui donner quelques pièces pour qu'il garde son calme et qu'il fasse attention à lui en traversant. J'aurais dû lui demander pourquoi il insistait autant pour que je paye sa marchandise. J'aurais dû lui demander s'il était vraiment heureux. J'aurais dû lui parler, peut-être que je sauverai son âme ? J'aurai dû... Oui, j'aurai dû, ah si seulement je savais ? Si seulement je savais que la mort rôdait autour de lui ? Lui si jeune, vigoureux qui avait toute sa vie devant lui. Que dis-je ? Est-ce qu'on a réellement toute la vie devant nous ?

— Ce n'est pas de ta faute et tu le sais. Tu lui as gentiment fait comprendre que tu n'avais pas envie de manger les arachides, me réconforta-t-elle en me tendant un verre d'eau.

— Oui mais j'aurais dû lire cette tristesse dans ses yeux. J'aurais dû acheter sa marchandise même si je n'avais pas envie de la consommer.

— Que son âme repose en paix !

— Et puis, sa mort était d'une manière très brutale. Je ne le souhaiterais même pas à mon pire ennemi.

Elle garda soudain son calme et se massa les paupières. J'avoue que je pouvais sentir son cœur battre aussi fort qu'un tremblement de terre.

— Préfères-tu mourir en te faisant renverser par une voiture ou d'une maladie comme le sida ou le cancer ? Moi je choisirai la première, affirma-t-elle d'un ton sec.

— Tu es folle pour me poser une telle question. Ne me la repose plus jamais.

Je l'observais, elle fronça les sourcils. Pourquoi parlait-elle de préférence sur un sujet si épineux qu'est la mort ?

Chapitre 5

C'était mon dernier jour de détente, un dimanche lumineux où je pouvais encore savourer ces instants loin de mes documents et de ce patron manipulateur. Mon réveil ne fut pas brutal, il était plutôt paisible comme lorsque tu poses tes pieds nus sur le sable douillet de la plage. Je balayais d'un revers de la main toutes pensées négatives récalcitrantes, j'avais réussi à me libérer la tête. Le soleil était resplendissant dehors, les vitres de la fenêtre de ma chambre me donnaient l'opportunité de le remarquer. Céline me surprit en déposant mon petit-déj sur la petite table qui se trouvait prêt du chevet de mon lit. Mon ventre gargouillait certes mais je voulais essayer de me sentir bien en ce moment.

— Merci Céline. Si tu veux, tu peux venir manger avec moi.

Je sentis de l'étonnement dans son regard, elle avait bel et bien raison, je n'avais pas l'habitude.

— Non merci Madame, j'ai déjà mangé dans la cuisine, rétorqua-t-elle l'air mal à l'aise.

— Je vois. Sinon, comment vas-tu ? Tout va bien ?

— Euh oui oui…

Elle bafouilla, voulant prendre la sortie, hésita, puis s'arrêta.

— Madame, je peux vous parler ?

— Oui bien sûr, assieds-toi je t'en prie.

La quinquagénaire s'assit, elle me lança un beau sourire. Ça faisait cinq ans qu'elle travaillait chez moi et je n'avais pas remarqué son charmant sourire. Elle était obséquieuse dans ses manières et ça, je l'avais remarqué dès le départ. Je lui avais fait comprendre à maintes reprises qu'elle pouvait me tutoyer mais elle le refusait catégoriquement. Alors moi je me contentais de la tutoyer en la traitant avec beaucoup de respect. Juste que les petites attentions n'étaient pas au rendez-vous puisque j'étais trop enfermée dans ma sphère de travail à plein temps.

— Excusez-moi de m'incruster dans votre vie. Je préfère vous faire la remarque maintenant.

Je souris à mon tour, je savais pertinemment où elle voulait en venir.

— Je vous ai observé depuis cinq ans, ce n'est qu'aujourd'hui que je peux remarquer une étincelle de bonheur sur votre visage.

Sa remarque me mit mal à l'aise, elle parlait de bonheur et non d'attention.

— Tu… Tu trouves ? balbutiais-je.

— Qu'est-ce qui vous rend autant malheureuse ?

— Je comprends ta remarque, toi et moi n'avions pas toujours eu le temps de discuter longuement. Tu t'es alors sûrement dit que je n'étais pas heureuse alors que ce n'est pas le cas.

— Faites-moi confiance, ne vous amusez pas à me mentir.

— Je suis surprise par ton insistance. Et pourtant tu devrais me croire.

Elle me fixa intensément avant de me lancer un « OK » pas très convaincant. Je me précipitais alors de fermer la porte à clé après son départ. Mes doutes voulurent gagner mon esprit, je me débattais à les extirper. Je pris alors mon pinceau et je mis à peindre.

12 h 50, mes pieds frôlaient la corniche, les gens qui s'y trouvaient étaient toujours dans la même ambiance. Déguisée en grand-mère, Je l'attendais à quelque pas du fameux palmier. Cette fois-ci, j'étais vraiment déterminée à savoir qui était cet homme dont la vie semblait être l'opposée de la mienne.

Je le balayais du regard. Il était assis là, regardant sans arrêt le fonctionnement des aiguilles de sa montre. Trente minutes, une heure, une heure trente, deux heures, il regardait tout autour de lui avant de décider de partir. Je le suivis, il marchait à grands pas en se dirigeant vers sa voiture. Son moteur tardait à démarrer, ce qui me donnait l'occasion de me rapprocher de la mienne et de la mettre en marche. Nos deux voitures roulaient au même rythme, vu l'embouteillage qui s'y trouvait. Une voiture nous séparait, ce qui me permettait de ne pas le perdre de vue. Les klaxons retentirent sur cette voie, je me bouchais instantanément les oreilles. La voiture qui me séparait de lui quitta de cet alignement et emprunta un autre chemin. Je pouvais enfin souffler, cette fois-ci il ne m'échappera pas.

Il descendit devant un portail de couleur marron tout en marchant fièrement. Je le suivis en moins d'une minute. Je le vis tendre sa main à une septuagénaire pendant que j'étais cachée derrière ce gros manguier. Il entra ensuite par la grande porte qui se trouvait en face de lui. Cinq minutes plus tard, ne sachant pas quoi faire, je regardais cette immense parcelle et je le vis ressortir de la même porte en disant au revoir à la même dame. Quand il s'apprêtait à ouvrir le portail, j'étais déjà derrière lui, mais il ne se rendit pas compte.

Il entra dans l'immeuble juste après celle du portail marron. Je voulus rentrer également, mais un homme à l'allure baraquée m'interpella.

— Oui bonjour Madame, en quoi puis-je vous aider ?

Désespérée de l'avoir perdu de vue à cause de l'intervention de cet homme, je ne dis mot.

— En quoi puis-je vous aidez Madame ? répétait-il sa question sous un ton un peu agressif.

— J'ai quelque chose de très important à remettre au Monsieur.

— De quel Monsieur parlez-vous ?

— Celui qui vient juste d'entrer avant moi.

— Vous n'avez pas le droit de le voir. Remettez-moi la chose et je la rendrais pour vous.

— C'est confidentiel.

— Je vous prie, Madame, de vous tenir à l'écart.

— Je vous en supplie

— N'insistez pas.

Quand sa main droite me montra le chemin de la sortie, un masque de désespoir se dessina sur mon visage. Sa corpulence robuste me terrifiait mais je ne voulais pas échouer, pas cette fois-là.

— Si vous ne voulez pas sortir de là de vous-même, je serai obligé de vous porter main, me menaça-t-il.

— Qu'ai-je donc fait de si grave ?

— Vous l'aurez mérité de toutes les façons.

— Je vous en supplie.

Ne prêtant pas attention à mes supplications, il me traîna par mes vêtements et me jeta à la porte. Je me mis devant ce portail en attendant qu'il sorte mais toujours rien. Je voulus partir de là mais mon subconscient me retint, trop de choses montraient que ce n'était pas une personne à ignorer. Trop de choses montraient que ce n'était pas un hasard mais un destin.

Lasse, je bâillais, j'éternuais, je m'étirais sans relâche, je grommelais, ayant pour but de voir le visage derrière son masque. Oui, j'étais lasse mais l'idée soudaine m'était venue de tambouriner au portail pour essayer d'attirer son attention, alors je le fis. Un autre robuste me fit face, celui-ci me prit pour une folle. Il me lança un regard complaisant avant de fermer doucement le portail. Je refaisais le même scénario, cette fois-ci le bruit fut très audible.

— Qu'est-ce qui ne va pas chez toi ? s'écria le premier homme robuste en laissant la moitié du portail ouvert.

— Si vous l'appelez pour moi, j'arrêterai. Dans le cas contraire, attendez-vous au pire.

— Comme si vous allez faire quelque chose de grave. Écoutez Madame, le boss n'appréciera pas d'assister à cette situation.

— Le boss ?

— Oui, et je n'ai pas envie de perdre mon boulot à cause de vous.

— Combien voulez-vous que je vous donne pour que vous lui disiez que je suis là ?

— Vous voulez me corrompre, est-ce bien cela ?

— C'est comme vous voyez. Moi j'appelle ça rendre un service.

— Madame, avec tout le respect que je vous dois, je vous demande de partir.

— Qui est donc cet homme qu'on ne peut pas rendre visite ?

— Donc vous ne connaissez pas le Monsieur mais vous voulez le voir ?

— Est-il occupé pour le moment ?

— Ma… Madame… mon ami me fait signe qu'il arrive… S'il vous plaît, allez-vous-en

— C'est ton mieux…

— Gars à vous si je perds mon boulot.

— Je vous embaucherai, j'aurai besoin d'un garde du corps dans les années à venir.

Il eut un rictus ironique, cette phrase semblait l'amuser. À croire que mon semblant d'humour pourrait enjoliver la conversation. Je lui tendis alors un billet de 10 000 francs en le suppliant de dire à son patron qu'il a de la visite. Très hésitant, il déclina l'offre sans le moindre regret. Je le suppliai à nouveau pour deux billets de plus, il était réticent mais je savais qu'il céderait.

Il me conduisait alors à la terrasse en promettant à son ami de tout lui expliquer. J'attendis pendant deux minutes que son patron me rejoignit toujours avec son masque.

— Je sais que c'est vous malgré votre déguisement. Qu'est-ce que vous faites ici ? Se questionna-t-il fort troublé.

— Vous avez voulu jouer au jeu. À vous de continuer

— Comment avez-vous su que j'habite ici ?

— Là n'est pas la question. Qui êtes-vous ?

— Ne cherchez pas à éluder ma question. Personne ne me rend visite ici.

— Je suis donc la première. Je serai aussi la première à vous démasquer.

— Je vous offre quelque chose à boire ?

— Non merci. C'est grand et beau chez vous, remarquai-je sous mon regard béat d'admiration.

— Merci… Si vous le voulez bien, je peux vous faire visiter la maison.

— Je me méfie de vous. Vous semblez être quelqu'un de très mystérieux et de dangereux.

— Si j'étais quelqu'un de dangereux, Vous n'allez guère venir jusqu'ici.

— Le danger ne m'effraie pas.

— Quelle contradiction !

Je fronçais les sourcils, je me levais de mon siège pour dissiper ma peur. Son être dégageait un tel mystère que je voulais découvrir à tout prix. Je savais que c'était naïf de ma part de le suivre mais la nécessité de le démasquer s'imposait. Il me fallait faire semblant de me lier d'amitié avec lui, il me fallait faire semblant de jouer à son jeu. Ne me demandez pas pourquoi, c'était juste mon cœur qui me guidait.

— Il y a une de mes pièces préférées tout juste en face de nous. Si vous voulez, nous pouvons commencer à la visiter.

— Une pièce ?

— Oui. C'est moi ou on dirait que vous avez peur ?

— Peur de quoi ?

— De l'inconnue que je suis.

— Vous ne trouvez pas que c'est le moment de briser cette barrière ?

— En quoi faisant ?

— En enlevant votre masque tout simplement.

— Je ne vous fais pas confiance.

— Ah ! Autant que ça ?

— Vous semblez être frustrée mais je ne suis pas du genre à feindre ce que je ressens.

— Et comme ça voulez que je vous suive dans cette pièce ? Comme ça ? Comme si nous étions des amis ?

— On apprend à devenir des amis tous les deux, je croyais que vous en étiez rendu compte.

— Si c'est le cas, c'est un mauvais début. Il n'y a pas de confiance, il n'y a rien du tout.

— On ne dévoile pas tout, même pas à son meilleur ami. Dire que l'on connaît tout de son meilleur ami est un abus de langage, car il y a toujours une partie de lui qu'il garde au tréfonds de son âme et qu'il n'aimera pas qu'elle soit partagée.

Je gardai mon silence en contemplant le beau jardin qui se trouvait à notre gauche puis je me rassis en dégageant un long soupir.

— Il n'y a aucune partie de la vie de ma meilleure amie que j'ignore.

— Et vous concernant, est-ce qu'elle sait tout de vous ?

— Oui, enfin… Je crois.

— J'en doute très fort.

— Donc vous n'avez pas de meilleur ami ?

— J'ai deux amies que je préfère à d'autres. Nous nous connaissons très bien mais nous ne nous disons pas tout.

— Et pourquoi ?

— Les plus lourds secrets existent.

— Vous ne devriez pas, vous devrez plutôt vous faire confiance.

— La confiance y est, je vous rassure.

— Pas comme il se devrait. En amitié comme en amour, s'il n'y a pas d'excès d'amour, il n'y a pas d'excès de confiance.

— Vous comprendriez un jour quand vous serez trahi.

— Ne l'espérez pas parce que ma meilleure amie de me trahira jamais.

— Je ne vous souhaite que du bonheur.

— Et des enfants, vous en avez ?

— Ah ! Soupira-t-il en croisant c'est bras comme pour se protéger de quelque chose.

— Ai-je posé une question que je ne devrais pas ?

— Non non, ne vous inquiétez pas. C'est juste qu'elle a été prompte votre question.

— Et alors ?

— J'en ai eu un pendant ma jeunesse, un garçon. Je devrais avoir 17 ou 18 ans.

— Et depuis lors, vous avez décidé de ne plus en avoir ?

— Elle était partie avec mon fils pour se marier avec un autre.

— Et pourquoi ?

— Elle disait qu'elle ne voyait pas son avenir avec moi.

— Pourquoi ? Ne l'aimiez-vous pas ?

— Si de tout mon cœur. Elle avait deux hommes dans sa vie, le pauvre qui était moi et le riche l'enfant d'un ministre du pays. Après avoir donné naissance à notre petit garçon, elle s'est enfuie avec lui sans me laisser aucune nouvelle.

— Et comment aviez-vous su que c'était avec lui qu'elle était partie ?

— Sa mère m'en avait fait savoir quelque mois après.

— Cela a dû être terrible pour vous. Je suis profondément désolée.

— Non, non ça va très bien... Grâce à elle, j'ai dû travailler très dur pour m'offrir un futur meilleur. Il fallait que je passe par la souffrance pour savoir de quoi je suis réellement capable d'accomplir.

— C'est toujours de cette manière que vous avez pour habitude de voir les choses ?

— La vie a fait de moi un guerrier, aucune guerre ne m'étonne.

— Il faudrait bien m'apprendre votre formule.

— La formule est en chacun de nous. Il suffit d'être en vie afin de se rendre compte qu'on ne peut échapper à la douleur. Chacun de nous a des problèmes, même un enfant de cinq ans peut en avoir des tonnes.

— Avez-vous as souffert à vos 5 ans d'âge ?

— J'ai eu une enfance très difficile et très malheureuse. Père alcoolique, sans-emploi. Ma mère nous nourrissait avec le peu qu'elle gagnait en vendant des oranges. Malgré cela il la battait sans arrêt.

— C'était un enfer pour ta mère aussi.

— La faiblesse d'un homme se mesure au nombre de fois qu'il porte violemment sa main sur une femme. Mon père était costaud de corpulence mais en vérité c'était un poltron.

— Je suis désolée d'être juste là pour déterrer votre passé.

— D'autres questions ?

— Euh oui… Quelle a été votre plus grande blessure et comment avez-vous fait pour la panser ?

Il s'ajusta dans son siège en craquant ses doigts un peu plus fort que la dernière fois.

— Je ne sais pas où commencer ? Ce fardeau était aussi lourd qu'une bête de somme. Un poids que je coltinais depuis des lustres, ce qui me rendait faible bien que je sois un homme. Oui, on dit qu'un homme ça ne pleurniche pas, qu'il est fort, brave… Mais moi je ne sais pas feindre mes émotions, je n'avais pas appris à supporter les méchantes paroles avec équanimité.

Il s'arrêta, reprit son souffle et continua.

— Il me le disait d'une manière étrange, cette phrase qu'il me jetait sur le visage de manière sempiternelle « Tu es laid ». Noyé par ces mots, mon cœur s'assombrissait. Qu'allais-je rétorquer ? Où allais-je puiser mon courage pour répondre avec le torse bombé par un de quoi je me mêle ?

Mon regard se baissa, le sien je suppose que non. Il ne s'arrêta alors pas.

— Étaient-ils au courant que je ne me suis pas créé ? Que nous sommes tous innocents de notre apparence physique ? Alors pourquoi ces moqueries qui me désossaient ? Qui me faisaient taire ?

— Je ne sais quoi dire.

— Ma mère me disait souvent que dans ce monde, tu rencontras des gens à la langue pendante qui ont pour mission de vie de verser du venin. Et qu'est-ce que le venin fait ? Il tue. C'est donc à toi de repérer les endroits où ils fréquentent afin de les éviter car les inviter dans ta vie c'est déclaré ta propre mort.

— Je crois qu'elle a raison

— Éviter mes semblables ? Était-ce donc cela la solution ? La solitude a été fort longtemps la rançon de mon existence. Étais-je donc condamné à embrasser ce train de vie ? Je m'étais souvent demandé quel était mon rôle ici-bas ? Est-ce un délit de ne pas avoir un beau visage ?

Les questions qu'il se posait à cette époque où il subissait la méchanceté des hommes me laissaient coite. Je savais qu'il avait beaucoup à dire et moi je me contentais que de l'écouter.

— Trop de questions étaient sans réponses, trop de joies volées, trop de courses vaines, trop de voyages sans retour. Moi qui n'avais pas choisi cet extérieur qui empêchait mon intérieur de s'exprimer. Moi qui voulais au moins pour une fois voir la lueur du jour. Ma vie entière était engloutie par des Hommes à qui je ne devais rien, que je ne connaissais forcément pas. À ceux-là qui se contentaient de tuer mon âme.

Je sentis sa voix changée de rythme, je pris peur. J'eus peur qu'une larme récalcitrante s'échappe de son œil et que je ne sache quoi faire.

— J'espérais que dans cette foule deux à trois personnes se démarquent. Je me demandais si au lieu de faire comme les autres ils me tendaient la main ? Peut-être qu'ils essayeront d'allumer cette flamme. Une étincelle me suffisait, pourvu qu'il eût un semblant de lumière, j'allais me contenter de cet effort. Car en avilissant son prochain à cause d'un nez en trompette, des yeux exorbités, d'un front bien prononcé, d'une couleur de peau beaucoup trop foncée, c'est de le tuer à l'intérieur. J'avais juste envie de dire d'une voix tonitruante, de crier assez fort qu'ils ont tort de penser que la vie se résume à un visage qu'on ne choisit pas.

— Je suis sidérée. Comment les gens peuvent être aussi méchants à ce point ?

— Heureusement que j'ai fini par comprendre que ne pas avoir un beau visage n'extirpe pas nos compétences ni ces fleurs parfumées se trouvant à l'intérieur de nous. Nous ne sommes pas notre extérieur, nous sommes beaucoup plus que ça.

Nous observâmes un moment de silence ponctué, je sentais qu'il ne voulait pas que j'éprouve de la pitié pour lui ou qu'il ne voulait pas que je lui dise une fois de plus que j'étais désolée. Je baladais alors tout naturellement mon regard autour de nous avant de céder enfin à sa proposition.

— Est-ce que je peux toujours visiter cette pièce ?

— Bien sûr… Bien sûr… Allez, venez.

Nous nous dirigeâmes devant cette pièce qu'il introduisit délicatement la clé dans la serrure pour pouvoir la déverrouiller.

C'était une très grande pièce où il était placardé plusieurs tableaux d'art. J'étais béate d'admiration devant ces très beaux dessins, il le remarqua mais ne dit mot. J'étais surprise d'être dans cet endroit, encore plus de remarquer que nous aimions tous les deux l'art. J'avais du mal à y croire, enfin. Je sentais que le destin me jouait des tours.

— Pouvez-vous m'expliquer ce qu'est ce sourire furtif ? me questionna-t-il l'air très curieux

— Non… Non… C'est rien de mal… Juste qu'ils sont magnifiques.

— Êtes-vous une fan de ce genre de tableau ?

Je déviais malicieusement mon regard, ces tableaux venaient de réveiller en moi l'artiste peintre que je désirais devenir.

— Êtes-vous artiste peintre ? lui posais-je la question à mon tour.

— Non non. Juste que j'aime énormément ce genre de tableau. Voilà pourquoi je les achète souvent.

— Cela peut vous coûter combien ?

— Vous en voulez ? Si vous les voulez, vous pouvez choisir. Ça ne me dérangera pas.

Je fis semblant de regarder les aiguilles de ma montre, je savais qu'il trouvait mon attitude très étrange mais je m'efforçais à ce qu'il ne me repose pas la question.

— Je crois que je dois y aller, j'ai rendez-vous avec ma meilleure amie.

— Ah… D'accord, pas de soucis. Vous reviendrez quand vous pourrez.

— OK, vous direz à vos gardiens de me faire rentrer la prochaine fois.

— Je me demande bien ce que vous avez pu leur dire pour vous retrouver là.

— Plutôt qu'est-ce que j'ai dû faire ? lui lançai-je un regard malicieux. Mais sinon ça m'a énormément fait plaisir de bavarder avec vous. Vous êtes quelqu'un qui a beaucoup souffert mais qui n'a pas voulu que la souffrance prenne le dessus. Je ne peux que saluer votre courage.

— Le plaisir était mien aussi.

— Je ne cesse d'apprendre avec vous. Je vous remercie.

Il prit un stylo et un papelard qui se trouvait dans la poche de sa veste puis écrivit soigneusement son numéro de téléphone mais sans mettre son nom.

— Tenez… N'hésitez pas à m'appeler.

— Votre prénom demeure être un mystère.

— C'est bien cela.

— Je peux vous poser une dernière question ?

— Vous ne faites que ça de toutes les façons.

— C'est à cause de la dernière histoire que vous m'avez narré que vous avez décidé de vous balader avec un masque ?

— Je n'ai pas à me sentir coupable pour un visage que je n'ai pas choisi.

— Et pourquoi ce masque alors ?

— Vous allez être en retard à votre rendez-vous, il faudrait que vous filiez.

— J'espère que vous répondriez à cette question la prochaine fois.

— Au moins, je suis rassurée qu'il y aura une prochaine conversation.

Un sourire radieux se dessina sur mon visage avant de lui dire finalement un au revoir. Je quittais ce lieu avec moins de doutes et plus de certitudes. Les deux gardes du corps me lancèrent un sourire qui se traduisait par le fait que j'avais enfin obtenu ce que je cherchais. Une bouffée d'air s'échappa de ma bouche avant de me mettre la ceinture de ma voiture. Je pouvais être fière de moi, fière d'avoir essayé.

Je rejoignis Mwinda dans sa chambre d'hôtel, elle était un peu surprise de me voir débarquer chez elle sans prévenir. Sa chambre dégageait toujours une forte odeur de médicament, et il fallait qu'on en reparle.

— N'as-tu toujours pas rendu les médicaments à tata Sally ?

— Si, si… Pourquoi ?

— Ta chambre dégage une forte odeur de médicament.

— C'est normal. Qu'est-ce qui t'étonne ?

— Et ton corps alors ? Ne me dis pas que ton parfum s'appelle médicament maintenant ?

— Où est-ce que tu veux en venir ?

— C'est à toi de me le dire.

Elle fronça les sourcils et se leva pour aller s'enfermer dans la toilette. Son attitude me désolait, j'eus peur que mes soupçons se ressuscitent. Son téléphone vibra soudain, je ne prêtais guère attention. Il vibra pour la deuxième fois, je me rendis compte que c'était son mari. Je gardais mon calme, de toutes les façons, je le lui dirais quand elle sortira des latrines. Deux minutes après, un message s'affichait sur son téléphone, c'était toujours son mari. C'est peut-être là où sortait la vérité, c'est peut-être là où se réfugiait son mensonge.

— *Je ne veux pas que tu vives toute seule cette douloureuse épreuve. Rentre à la maison s'il te plaît.*

Mon sang se glaça, mes doigts tremblèrent. Je croyais perdre la mémoire.

Le bruit de la porte se fit entendre, c'était elle. Je fus prise en flagrant délit.

— On fouille dans mon téléphone maintenant ?

— Ne parle pas comme si tu n'avais pas un mot de passe.

— Je t'interdis de fouiller dans mon téléphone sans mon assentiment.

— Oui, si seulement tu apprenais à me dire la vérité.

— Qu'est-ce que tu veux savoir ?

— Tout. Tout de toi

— Je suis ta meilleure amie, qu'est ce qui te prend tout d'un coup Kéma ?

— Être ta meilleure amie ne veut pas dire savoir tout de toi.

— D'où tu sors ça ? Non mais… C'est complètement faux.

— Dire que l'on connaît tout de sa meilleure amie est un abus de langage, car il y a toujours une partie d'elle qu'elle garde au tréfonds de son âme et elle n'aimera pas qu'elle soit partagée.

— Tu sais quoi ? J'en ai marre de tes questions. Tu débarques chez moi pour m'assaillir des questions et tu trouves cela normal ?

Cette communication manquait d'entrain et il fallait vraiment que je me ressaisisse.

— Je suis désolée, disais-je en caressant son épaule gauche.

— Tu as parfois des réactions qui étonnent, me fit-elle savoir.

— Je sais… Mais toi aussi figures toi… J'ai lu le message qui s'est affiché sur ton téléphone, c'était celui de ton mari.

— OK !

— OK ? C'est tout ce que tu as dire ?

— Je viens de lire moi aussi le message. Qu'est-ce que tu veux que je te dise d'autres ?

— De quoi parle-t-il ?

— T'as lu le message ou pas ?

— Écoute Mwinda. Tu peux tout me dire tu sais. Qu'est-ce que tu as ?

— Demande à mon mari et il te dira.

— Pourquoi te montres-tu impulsive alors que je veux juste t'aider ?

— En quoi faisant ?

— Tu sais que je serai toujours là pour toi.

— C'est ce que mon père disait tout le temps. T'as vu ce qu'il a fait finalement ?

— Ne déterre pas cette histoire s'il te plaît.

— Il le faut. Nous sommes en train de vivre comme si tout allait bien alors que tout va très mal Kéma.

— De quoi tu parles ?

— De quoi je parle ? Ah oui ? À cause de ta mère, la mienne a tellement souffert. Mes frères eux ont choisi une vie de débauche. Et moi alors, tu sais ce que j'ai bien pu faire durant ces années ? Je porte en moi une blessure qui ne cicatrisera jamais.

— Tu ne penses qu'à toi alors que mon père et moi avons aussi tellement souffert. Pourquoi accuses-tu mon père alors qu'elle et lui étaient consentants ?

— Hypocrite ou qu'elle soit… Hypocrite… Traîtresse.

— Je ne te permets pas… T'as perdu complètement ta tête ?

— Tu le sais… Ta mère est une grande hypocrite. Non mais j'hallucine toujours… Elle était comme une sœur pour ma mère mais elle a fini par la trahir.

— Et ton père alors ? Il était aussi comme un frère pour mon père mais il l'a aussi trahi.

Elle passa très rapide ses doigts au niveau de ses pommettes comme pour essuyer la larme récalcitrante qui s'y trouvait. Elle avait le corps qui tremblait, le visage rubicond et le regard très ténébreux.

— Et depuis là, tu n'as plus eu de contact avec ta mère ? me questionna-t-elle d'une voix qui se faisait à peine entendre.

— Non, non. Ça fait dix ans maintenant.

— Et ton père ? Comment vous vous en êtes sortis ?

— Le silence était devenu notre quotidien. Il m'a imposé de suivre les études de Droit. Je ne lui ai jamais fait savoir que je voulais être architecte, ni encore artiste peintre. Il m'a imposé la fac de droit.

— Donc ce n'était pas ton rêve de devenir juriste ?

— Non. Mon père avait choisi pour moi.

— Et pourquoi tu l'as laissé faire ?

— La situation était beaucoup trop compliquée pour que je m'oppose à cela.

— Je ne le savais pas ça. Pourquoi ne me l'as-tu jamais dit ?

— Tu n'as jamais posé la question.

— Es-tu toujours en contact avec lui ?

— Depuis qu'il s'est remarié, je lui ai tourné le dos.

— Depuis quand ?

— Après avoir obtenu mon diplôme de master 2. Il entretenait déjà une relation avec une autre femme. Je me suis demandé pourquoi il a été si rapide à tourner la page.

— Tu l'en veux ?

— Un peu. J'avais déjà rencontré sa femme. Une belle dame, super gentille mais je suis très jalouse qu'elle puisse prendre la place de ma mère. J'ai préféré m'éloigner.

— C'est bien triste tout ça.

— Et ta mère ? Où est-elle et comment elle va ?

— Elle habite aussi au Canada. Elle habite toute seule et est très malheureuse. Elle attend désespérément la mort.

— Tu devrais lui dire de se reconstruire.

— Comment se reconstruire si on a même plus la force d'aller se payer un sac de ciment ?

— Et toi, est-ce que tu es heureuse ?

— Je ne le saurais jamais. J'ai fait tellement d'erreurs durant ces années mais J'ai pu quand même réaliser mes rêves. Je mène une vie épanouie au quotidien mais tant que ma mère va mal, je ne peux que me sentir mal. Ma mère a si profondément aimé mon père que lorsqu'il est parti, elle s'est complètement brisée.

— Je suis vraiment désolée pour elle. Si j'étais encore à mes 17 ans, j'aurai dit que ce n'est pas parce que la vie nous a brisés qu'on ne doit pas s'efforcer de recoller les morceaux.

— Oui et je t'aurai cru… Mais maintenant non.

— Oui tu as raison. En attendant, va prendre ta douche, je t'emmène manger quelque part.

— Intéressant ça. J'y vais tout de suite.

— Comme ça je te raconterai ma journée avec tous les moindres détails.

— C'est par là que tu devrais commencer.

— Ne crois pas que j'ai oublié l'histoire du message.

— Ne recommence pas.

— Tu as intérêt à me dire toute la vérité hein…

— C'est juste que parfois je me sens mal à cause de ma mère. Tu n'as pas à t'inquiéter.

— Je vois. Tu devrais tout me dire, j'ai le devoir de te consoler.

— Je sais.

— Allez. File prendre ta douche. Je vais parfumer cette chambre en attendant. Je déteste l'odeur des médicaments.

Chapitre 6

— Oh comme tu nous as manqué ! s'écrièrent mes collègues de travail en me prenant tour à tour dans leurs bras.

— Vous m'avez également manqué ! C'est comme si cela faisait une éternité.

— Où étais-tu passé ? me questionna Jordan l'air un peu furieux. J'ai essayé de t'appeler plusieurs fois mais tu ne répondais pas.

J'hésitais à répondre, ma posture en disait long et il détourna son regard par la suite. Ça me faisait un bien fou de les revoir, eux encore plus, je le sentis à travers leurs regards. Ils me racontèrent leurs journées sans moi, la galère que mes confrères juristes se sont tapée pour rédiger certains contrats. Nous parlâmes pendant une dizaine de minutes que soudain.

— Kéma, dans mon bureau tout de suite, m'ordonna mon patron d'un ton très agressif.

Mes collègues me regardèrent l'air apeuré et décidèrent de nous laisser. Mon regard se confronta au sien, je ressentis pour la première fois aucun sentiment de peur.

— Es-tu sourde ? J'ai dit dans mon bureau tout de suite.

Je le regardais à nouveau sans arrêt et décidais quelques minutes après de me diriger dans son bureau.

— Où étais-tu pendant ce temps ?

— Et vous donc ? Et où étiez-vous pendant tout ce temps ?

— C'est quoi cette question idiote alors que tu sais très bien que j'étais en voyage ?

— Ah en voyage ? Et où ?

— C'est pas toi qui poses les questions ici, c'est compris ?

— Et pourquoi n'aurais-je pas moi aussi le droit ? Parce que vous êtes le boss, c'est ça ?

— Non mais j'hallucine ! Qui t'a appris à me tenir tête comme tu le fais présentement ?

— Je ne vous tiens pas tête, Monsieur. Juste que moi aussi j'ai le droit de vous poser des questions.

— Je ne suis pas obligé de vous répondre

— Comment voulez-vous que je réponde à vos questions alors que vous ne répondez pas à mes questions ?

— Où étais-tu ? Ne me fais pas perdre mon temps.

— J'étais en vacances, tout comme vous.

— J'étais en voyage d'affaires jeune fille et je n'ai pas à me justifier.

— Et ça concernait quelle affaire déjà ?

— Cela ne te regarde pas

— Oh que si... Je travaille pour vous, je vous signale.

— C'est moi le boss ici, je te signale.

— Vous n'avez que ça à la bouche. Vous êtes le boss et ne souffrez plus à me le rappeler, je le sais pertinemment.

— C'est tant mieux. Maintenant, je veux que tu répondes à ma question.

— Je vous l'ai déjà dit... J'étais en vacances.

— Et sous la permission de qui ?

— Je travaille trop, vous n'avez pas remarqué ? Et il fallait que je me repose.

— T'es pas venu ici pour te reposer et tu le sais.

— Je ne suis pas aussi ici pour travailler au point de mettre ma santé en danger. Les autres travaillent moins que moi et ils ont souvent des congés alors que moi je me tape tout le boulot à tout moment.

— Tu es mieux payé qu'eux et tu ne devrais pas te plaindre

— Ça reste à vérifier.

— T'es pas venu ici pour jouer au yoyo, OK ? Quand je te demande de travailler, tu le fais juste et c'est tout.

— C'est ce que je fais pendant 5 ans et pourtant

— Alors de quoi te plains-tu ?

— Juste qu'il faut que ça change.

— Tu me fais perdre mon précieux temps en dialoguant avec toi. Je voulais juste te dire que ça soit pour la première et la dernière fois que tu t'absentes sans mon assentiment. Maintenant tu peux sortir de mon bureau, je dois recevoir des clients dans quelques minutes.

— Il me semble que j'ai été la seule à répondre franchement à vos questions.

— Tu es sourde… Sors de mon bureau.

— Je vous respecte énormément mais je ne sortirais pas tant que vous ne m'écouterez pas.

— Je te demande pardon ?

L'expression de son visage fut très désagréable. Il flottait son regard vers le plafond comme pour marquer son étonnement. Mais cela ne m'empêcha guère de lui dire ce que j'avais sur le cœur.

— Oui. Moi je vous écoute quand vous me parlez et je vous prie de bien vouloir faire autant quand je vous parle. Ces cinq ans ont été pour moi une vraie torture, une vraie prison, un vrai calvaire. J'ai osé croire que ça irait mieux avec le temps mais le temps ne change rien tant que nous ne prenons pas nous-même certaines décisions pour changer. Et aujourd'hui, je décide de vous dire de me traiter autrement parce que votre manière de me traiter est très mauvaise. Et puis, il est bien vrai que le métier de juriste est un métier qui demande qu'on travaille énormément, qu'on se donne à fond mais je trouve que vous faites exprès de me donner du boulot tout le temps alors que mes collègues juristes et vous ne faites quasiment rien. Je n'ai plus de vie, juste parce que vous me mettez la pression tous les jours, toutes les minutes, toutes les secondes. Ne pensez pas qu'à vous, pensez également à ce que je peux ressentir.

Son étonnement se faisait ressentir, une sueur emperlait soudain son visage qu'il ne prit pas le soin de chasser. Il eut une minute de silence avant qu'il ne se positionne devant la porte de son bureau en déboutonnant délicatement le dernier bouton de sa veste.

— C'est moi le boss ici et c'est moi qui fixe les règles. Si tu ne veux plus bosser pour moi tu peux t'en aller. La porte est grandement ouverte.

— OK... Je déposerai ma lettre de démission demain à la même heure.

Il fut étonné de plus belle quand je le lui dis avec plus de courage et d'assurance. Mais bon, c'était son respect ou rien.

Je retournais dans mon bureau pour ranger mes affaires et c'était sans regret.

On tambourinait à la porte de mon bureau quelques minutes après, grande fut ma surprise de voir mon patron entrer, cette fois il semblait baisser ses gardes.

— Est-ce vrai que tu t'en vas ?

— Oui Monsieur... Je n'ai plus rien à faire ici.

— Est-ce que tu sais que plusieurs filles aimeraient être à ta place ?

— J'en suis consciente. Mais sans vouloir vous offusquer, vous êtes un très mauvais patron.

Il baissa son regard pendant que moi je continuais à ranger mes affaires.

— Kéma, tu es très importante pour ce cabinet.

— Ah ! C'est maintenant que vous le reconnaissez ?

— Tu le sais et pourtant.

— Je ne savais pas que vous le pensiez.

— Je… Puis-je m'asseoir ?

— Je vous en prie.

Même en étant assis, je pouvais lire lisiblement le trouble dans son regard.

— Écoute Kéma. On peut toujours s'arranger.

— Monsieur Tchoulman, je vous ai déjà fait savoir ma position. Si vous n'êtes pas à même de la respecter, je préfère m'en aller.

Il garda sa langue dans sa poche et me regarda enlever ma photo qui était accrochée au mur.

— Reste… Je t'en supplie.

— Ça arrive très rarement que vous me parliez ainsi. Et c'est la première fois que vous me suppliez. Je répète que je resterai tant que vous accepterez de bien collaborer.

— J'accepte.

— Pardon ?

— Je promets de vous traiter comme vous le souhaitez

— Vous pouvez continuer à me tutoyer, moi ça ne me dérange pas.

— Si tu le souhaites.

— Et pourquoi m'avoir maltraité ? Je sais que le mot est un peu trop dur mais c'est rien d'autre que de la maltraitance. Pourquoi m'avoir maltraité tout ce temps ?

La gêne empourpra son visage, je pouvais aussi facilement le lire.

— Je ne sais pas si j'aurai un jour le courage de te l'avouer. Ce qui est le plus important est que tu restes une des nôtres. Tu es la pièce maîtresse de ce cabinet depuis cinq ans déjà et l'erreur serait de te perdre.

Il me laissa en me lançant un sourire qui oscillait entre la gêne et le trouble, rien que ça me réchauffait le cœur. J'ouvris mon sac à main et je ressortis ma photo pour la remettre à sa place. Je regardais mon bureau pendant un bon moment avant de décider de sortir. Je me demandais par la suite si ma place était réellement ici. J'avais promis à l'homme mystérieux que je passerais, j'avais donc gentiment fait comprendre à mon patron dans son bureau qu'il m'accorde jusqu'à la journée de demain pour prendre ma décision, il ne s'était pas du tout insurgé.

Les deux gardiens me saluèrent obséquieusement, il ne fallait pas car ça me rendait mal à l'aise. Je m'installais avant qu'on ne me serve un verre de jus de bissap que je sirotais en une fraction de seconde.

— Vous avez très soif apparemment ?

— Il fait tellement chaud.

— J'avoue.

— Et vous qui vous baladez tout le temps avec un masque, je ne sais pas comment vous faites. Non mais franchement…

— Est-ce un moyen de me faire savoir que je dois l'enlever quand vous êtes là ?

— Si vous voulez qu'on soit des amis, il faudrait bien qu'on se fasse confiance.

— Vous êtes bien maline, mais vous ne m'aurez pas.

— Non mais sérieusement, pourquoi ce masque ?

— Vous n'allez pas me comprendre.

— Comment le savez-vous ?

— Parce que c'est comme ça… Laissez cette histoire de masque, voulez-vous ?

— Vous avez fait quelque chose de mal et vous n'aimeriez pas que l'on vous reconnaisse ?

— Vous posez toujours trop de questions comme ça ?

— Je ne peux m'empêcher.

— Êtes-vous de la police ?

— Ah avez-vous peur de vous faire arrêter ?

— Toute seule vous ne pourriez pas… À moins que vous me tendiez un piège.

— Non, je suis juriste.

— Wahou !

— Waouh ?

— Si j'étais votre père, je dirais que je suis fier de vous.

— Vous n'avez pas besoin d'être mon père pour le dire.

Il sentit une mauvaise tonalité dans ma voix et n'hésita pas à me questionner.

— Quoi, ai-je dit quelque chose qu'il ne fallait pas ?

— En fait. C'est lui qui voulait que je fasse les études de Droit.

— Et pourquoi ? Il est juriste lui aussi ?

— Diplomate. Il a été lui aussi en fac de droit.

— Et toi qu'est-ce que tu voulais faire ?

— Je ne voulais pas aller en fac de Droit en tout cas.

— Il fallait tout simplement le lui faire comprendre.

— C'est une longue histoire.

— J'ai pris le soin de vous raconter mes longues histoires autrefois.

— Je ne veux juste pas vous ennuyer avec les miennes.

— Croyez-vous vraiment que c'est juste au hasard que vous vous retrouvez ici ?

— Qu'est-ce que vous insinuer par là ?

— J'ai voulu que vous puissiez revenir parce que je voulais vous écouter et vous êtes revenu parce que vous voulez être écouté.

— Je ne l'ai jamais dit.

— C'est comme ça, vous n'avez pas besoin de le nier.

Il avait raison et je ne voulais pas le reconnaître. Je le connaissais à peine et il fallait un grain de méfiance.

— C'est vrai que vous vous demandez sûrement qui se cache derrière ce masque, poursuivit-il. Mais n'ayez pas peur de me faire confiance.

— Je vais une fois de plus être franche avec vous, ça me dérange de vous parler avec ce masque.

— Êtes-vous sûr que c'est juste mon masque qui vous préoccupe ?

— Combien de fois vais-je répéter que vous dégagez un certain mystère autour de votre personne ?

— Vous ne devriez pas penser ainsi. Je ne vous veux aucun mal ma fille.

— Ma fille ?

— Oui, je peux avoir l'âge de votre père.

— C'est bizarre, je ne me suis jamais posé la question concernant ton âge.

— Ah ah ah ! Sûrement que vous avez cru que c'était la naissance d'un amour idyllique, pas vrai ?

— Vous êtes très drôle. Ça ne m'a jamais traversé la tête.

— Puisque je ne peux savoir ce qui se passe dans votre tête. Je frôle la soixante ma fille.

— Ah ! génial. Moi j'ai eu mes 28 ans sans me rende compte que c'était le jour de mon anniversaire.

— Je me demande bien dans quel monde que vous vivez.

— Ah bon ? Pourquoi ?

— Oui… Depuis la première fois qu'on s'est vu tout près dans cette venelle. Je vous avais balayé du regard, figurez-vous.

— Et moi qui croyais que vous ne m'aviez pas vu.

— Je suivais vos gestes… Vous aviez l'air de me trouver étrange. Et je me suis dit : « est-ce qu'elle est normale cette jeune fille ? »

— Mais attendez, vous vous trouvez avec un masque dans une ruelle où la lumière est tamisée, qu'est-ce que vous voulez que je pense à ce moment-là ?

— Ça aurait dû vous faire fuir Mademoiselle. Qu'est-ce que vous croyiez que j'étais ?

— Je ne saurais vous expliquer. Un homme avec plein de problèmes peut-être.

— Alors que vous aussi vous en avez des tonnes. Je suis revenu dans la ruelle parce que je vous trouvais étrange aussi. Et même quand vous m'avez salué, je fis semblant de ne pas vous répondre. Je savais que vous vouliez creuser le mystère autour de ma personne, moi aussi je voulais faire autant vous concernant.

— Et au restaurant quand j'étais avec ma meilleure amie ?

— Je n'ai pas vu votre meilleure amie ce jour-là… Mais j'avoue que c'était de la pure coïncidence.

— Et vous m'avez même traitée de folle.

— Je le croyais au début.

— Et maintenant ?

— Je sais juste que vous êtes perdue et que je dois vous aider à vous retrouver.

— Je ne vous donne pas totalement tort.

Il prit la bouteille de jus de bissap et le versa dans mon verre sans demander mon avis.

— Et votre journée ? N'avez-vous pas travaillé aujourd'hui ?

— J'étais au boulot avant de passer ici.

— Je vois. Et ça se passe bien ?

— Pas comme je le souhaite.

— Qu'est-ce qui se qui ne va pas ?

— En fait… Je déteste le métier de juriste.

— Pourquoi vous infliger une telle peine ?

— Ça fait cinq bonnes années que je suis juriste mais j'ai comme l'impression de mourir à chaque fois que je pose mon pied dans mon bureau. Et en plus de ça, mon patron profite de ma naïveté pour me donner tout le temps quelque chose à faire. Je n'ai presque pas de congés, ma vie est un vrai désastre.

— Comment faites-vous pour supporter ce calvaire ?

— Je souffre juste en silence.

— Vous ne devrez pas. Vous n'êtes pas venu au monde pour peiner puis mourir noyé dans un bain de douleur.

— Il suffit d'être en vie afin de se rendre compte qu'on ne peut échapper à la douleur. C'est ce que vous m'avez dit autrefois.

— Nous naissons pour mourir. Ça serait une turpitude de ne laisser aucune belle trace sur ce chemin qui nous mène à la mort.

— Qu'est-ce que vous insinuer par là ?

— Efforce-toi à ce que ta vie sur terre soit remarquable. Et les gens de malheureux ne font rien de remarque. Ils se disent qu'ils sont venus au monde uniquement pour souffrir et ils attendent désespérément leur mort.

— C'est la vie !

— La vie ne nous ait pas donné pour qu'on la vive avec pour meilleure amie la tristesse.

— C'est très facile pour vous de le comprendre, pas pour moi.

— Tout est une question de décision…

— Vous ne pouvez pas imaginer ce que tout le monde traverse au quotidien.

— Tout le monde et moi y compris. Si je vous le dis c'est parce que ça ne sert à rien d'être malheureux, cela ne change en rien la situation dont nous faisons face.

J'ingurgitais une gorgée de jus de bissap comme pour me requinquer à nouveau.

— Qu'est-ce que vous me conseillez pour mon métier ?

— Si cela vous rend autant malheureuse, pourquoi restez-vous ?

— Je gagne très bien ma vie.

— Ça ne devrait pas celle-là votre raison.

— J'ai juste été honnête.

— Et que comptez-vous devenir quand vous étiez plus jeune ?

— Quelqu'un d'autre.

— Vous pouvez encore le devenir.

— Et si c'était trop tard ?

— Comment pouvez-vous le dire alors que vous êtes encore en vie et que vous n'avez même pas essayé ?

— Il me faudra encore suivre une formation…

— Et c'est ça qui vous fait peur ?

— Oui. J'ai 28 ans maintenant.

— Vous êtes encore jeune. Et vous détruire émotionnellement en étant juriste ne vous fait pas peur ?

— Je ne sais plus où j'en suis.

— Il faudra que vous preniez les choses en main. Quand vous sentez le besoin de partir, partez car rester pourrait devenir désastreux.

— J'ai parlé avec lui sur ma manière de me traiter aujourd'hui. C'est vrai qu'il a été un peu truculent au début et c'est quand j'ai voulu démissionner qu'il s'est ressaisi. Il a promis de me traiter autrement et je lui ai dit que j'allais réfléchir.

— Et vous avez jusqu'à quand pour réfléchir ?

— Juste pour cette journée.

— Je ne prendrais pas de décisions à votre place. Retenez juste que ceux sont nos choix qui embellissent ou pourrissent nos vies.

— En parlant de choix… j'ai toujours l'une de vos phrases dans ma tête.

— Et laquelle ?

— Je suis un homme dont les choix n'ont pas toujours été bons mais qui continue de lutter.

— Oui, j'ai fait de mauvais choix moi aussi.

— Comme ?

— Comme me promener avec mon masque.

— J'espère que vous serez honnête avec moi cette fois-ci.

— Je le suis avec vous depuis le début.

— Pourquoi ce masque ? J'insiste.

Il fit signe à la dame qui se trouvait à quelque pas de nous pour qu'on nous serve des beignets à la banane.

— Je plaisante. Porter ce masque n'a jamais été un mauvais choix, ceux sont plutôt mes choix qui m'ont emmené à le porter.

— Vous parlez toujours en parabole. Vous pouvez me faire confiance, vous savez.

— La vérité est que je ne veux pas juste qu'on me reconnaisse.

— Qu'est-ce que vous avez fait de si grave ?

— Je vous laisse deviner.

— Êtes-vous recherché par la police ?

Son silence me surprenait, je pris peur.

— Et si je vous disais oui ? finit-il par répondre.

J'interprétai cela comme une affirmation à la place d'une interrogation.

— Qu'est-ce que vous avez fait de si grave ?

— Pourquoi avez-vous soudain une voix tremblante ? Avez-vous peur ?

— Vous ne me faites plus peur.

— Et pourquoi vous avez changé d'avis ?

— Je ne saurais vous l'expliquer.

— Bien…

— Bien ?

— Vous êtes bien courageuse de me tenir tête.

— Je crierai au secours si vous tentez de me faire du mal.

— Personne ne vous entendra, n'y pensez pas.

Ma gorge se noua, j'eus comme un coup d'éclaire dans la moelle épinière.

— Votre cœur bat très fort à cet instant et je peux le ressentir.

— Je crois qu'il est temps que je m'en aille.

— Ne bougez surtout pas de votre siège sinon vous allez le regretter.

Je ne savais guère si j'allais pleurer ou crier, essayer de m'en fuir ou rester. Je me rendis tout à coup compte que j'étais prise dans mon propre piège.

— Qu'est-ce que vous allez me faire, dites-moi ?

— Et si je vous le disais honnêtement. Qu'allez-vous faire ?

— Si seulement je savais que vous n'étiez pas celui que vous prétendez être.

— Bah c'est trop tard.

Je regardais à nouveau tout autour de moi, personne ne s'y trouvait à part tous les deux dans cet environnement pollué par la peur.

Je voulus me lever mais il me ressaisit d'une main forte pour que je reste rivé à mon siège.

— Quelle est la dernière chose que vous aimeriez faire avant votre mort ? me murmura-t-il.

Je sentis mes vêtements s'imbiber de sueur, ma peur se faisait ressentir cette fois.

— Vous plaisantez j'espère ?

— Ai-je l'air de plaisanter ?

— Puisque je ne vois pas l'expression de votre visage.

Il garda son calme puis avoua enfin.

— Je me suis évadé de la prison. J'ai été condamné pour homicide volontaire.

Quand j'entendis cette phrase, je me précipitais à courir mais il me rattrapa aussi facilement en m'attrapant fortement à la main droite puis me jeta dans la pièce où se trouvaient ces tableaux d'art. Cette fois-ci, il ferma la porte à clé.

— Ne me faites pas du mal, balbutiai-je avec un regard terrifié par la peur.

— Maintenant, tu te calmes et tu m'écoutes. Chuuuuuut !

— Ne faites pas ça...

— Si vous n'êtes pas obéissante, vous risquerez d'être la prochaine victime.

La franchise dont il faisait preuve me déconcerta.

— Je croyais qu'on allait devenir des amis

— Des amis ? Ah ah ah. Vous voulez être vous aussi poursuivie par la police ?

— Combien voulez-vous que je vous donne pour que vous me laissiez partir ?

— Je n'ai pas besoin de votre argent. Vous n'avez pas remarqué à quel point je suis riche ?

— Que voulez-vous alors ?

— Vous allez m'aider.

— En quoi faisant ?

— En collaborant avec moi…

— Que me voulez-vous ?

Il plongea son regard dans le mien.

— Qu'est-ce que vous comptez faire avant de mourir ?

— Pourquoi me posez-vous cette question ?

— Ré-pon-dez !

Sa voix tonitruante me fit taire. Je pouvais sentir de la colère et de la rage bouillonner tout au fond de lui. Je ne savais pas ce qu'il s'apprêtait à faire mais je pouvais déduire que j'allais passer un mauvais quart d'heure.

Tout défilait aussi rapidement dans ma tête comme des coups d'éclairs. Qu'allais-je donc faire ? J'étais là en danger, devant cette personne que j'essayais de faire confiance.

Mon âme s'agitait, ma conscience se débattait, je ne voulais pas perdre ma vie à cet instant-là. Pas à ce moment où je commençais à m'en rende compte que tout n'est que question de choix.

Il insista alors pour que je réponde à sa question, je n'avais pas les mots. Pas les mots pour lui dire qu'il n'avait pas le droit de me faire du mal, pas les mots pour lui dire que je voulais partir, oui partir et essayer de vivre différemment.

Il se leva de là où il se trouvait et prit place à mes côtés. Mes larmes ruisselèrent mais ma bouche s'ouvrit à peine juste pour faire évacuer la douleur.

— Dites-moi pourquoi vous voulez me faire du mal ?

— Donnez-moi juste une raison pour que je vous laisse partir. Si vous ne répondez pas directement à mes questions, je vous promets que ça va très mal se passer.

Il fallait que je fasse preuve d'honnêteté, peut-être qu'après cela j'allais être sauvée.

— Je voudrais pour la dernière fois voir le sourire de ma mère, entendre sa voix et lui demander pourquoi avoir fait ces choix. J'aimerais converser avec mon père, lui dire que je suis désolée de l'avoir tourné le dos. J'aimerais donner ma lettre de démission à mon patron et lui dire que je ne travaillerai plus jamais pour lui car il y a quelque chose d'autre qui me fait vibrer.

— Qu'est-ce qui te fait autant vibrer ?

— Peindre tout ce qui m'entoure. La peinture est toute ma vie.

Mes mains tremblèrent autant que mon cœur battait. Je ne savais pas trop comment il allait s'y prendre pour me faire du mal et c'est bien cela qui me tétanisait.

— Je n'aimerais pas mourir en ayant rien fait de tout cela, poursuivis-je. Je crois que je ne me pardonnerai jamais.

— Et qu'est-ce qui vous empêchait de faire toutes ces choses ?

— Je pensais le faire plus tard.

— Et pour vous c'était quand ce plus tard ? Aujourd'hui peut-être ?

— Je ne savais pas que j'allais me retrouver dans cette situation un jour.

— C'est justement comme ça que vous devez vivre.

— Comment ça ? Je ne vous comprends pas.

— Vivre comme si la vie nous pointait une arme au crâne. Comme si elle nous imposait de faire des choses utiles, de ne pas perdre de temps, de ne pas attendre demain, de ne pas nous plaindre pour un rien… Ce n'est que par ces ordres que nous allons faire tout ce qu'elle nous dicte de bon car au moindre faux pas, elle nous explosera la cervelle et tout sera fini.

— Ce n'est pas la vie qui veut exploser ma cervelle maintenant, c'est bien vous.

— Prenez cet exemple pour leçon.

Sa dernière phrase semblait être sincère, je m'étais aussitôt posée intérieurement la question de savoir à quoi il jouait. C'est alors qu'il se leva devant moi sans dire un mot de plus.

Je ne savais toujours pas ce qu'il comptait faire, jusqu'à ce qu'il enlève son masque.

— C'était vous ? m'écriais-je étonnement surprise.

Chapitre 7

Cette image ne me quitta pas, ses paroles non plus. J'eus à peine du mal à croire que l'homme qui se trouvait derrière ce masque était le célèbre coach en développement personnel au nom de Urvian B. Je le connaissais de nom mais je n'avais jamais pris cette initiative de le suivre comme la plupart des jeunes de mon âge. En sus d'être coach, il était un homme d'affaires qui avait plusieurs livres best-seller en son nom. Il est bien vrai que je n'avais jamais ouvert une des pages de ses ouvrages mais je savais qu'il avait la tête sur ses épaules. Je ne connaissais pas grand-chose de lui à part le fait qu'il soit riche et célèbre.

La peur que j'éprouvais en ce moment où il jouait si bien son rôle ressurgissait de temps à autre dans ma mémoire. Je fus traumatisée par le fait de tout perdre en une fraction de seconde en cet instant-là. Mais je crois qu'il fallait que cela m'arrive pour réaliser encore plus certaines choses.

J'étais là, au balcon de ma chambre entrain de sentir ce doux vent caresser ma peau, le sentir se précipiter dans mes cheveux, observer mère Nature dans toute sa splendeur et son innocence, ce moment était tout à moi.

Hier encore, quand nous nous rappelâmes de cet évènement qui s'était déroulé il y a de cela plus d'un mois, Mwinda n'arrivait toujours pas à croire que j'avais tout ce temps conversé avec une telle célébrité. J'avais gardé une bonne relation avec lui et je pense que c'était le début d'une très belle amitié.

Je déglutis la salive, pas pour monologuer que j'étais une perdante ou une gagnante, juste pour me dire que je pouvais continuer à prendre des risques. Maintenant, je peux dire que je connais cet homme qui se promène tout le temps avec son masque parce que ça le dérange que tout le temps les yeux soient rivés sur lui. Une fois, il m'a dit qu'il aimerait vivre sans projecteurs, sans que personne ne s'arrête pour lui dire de se prendre en photo avec lui, mais hélas qu'il ne pouvait rien face à ses œuvres qui parlaient aussi fort.

Plus je le fréquentais, plus mes habitudes changeaient. À croire qu'il fallait que je rencontre ce monsieur pour me rendre compte que ma vie se trouvait de l'autre côté. De l'autre côté de mes habitudes, de l'autre côté de ma peur, de l'autre côté, où je ne suis jamais allée.

Malgré cela, je respirais toujours l'odeur de mon bureau, ravivais la flamme de ma peur parce que je ne savais pas comment quitter ce job qui ne me plaisait pas. Mon patron s'efforçait à être tolèrent et jovial mais cela m'importait peu au moment où je savais que celle-ci n'était pas ma place.

Ce jour j'étais dans mon bureau quand mon patron tambourina à la porte et que lui dise d'entrer.

— Bonjour Mademoiselle Kéma, j'espère que tu te portes bien ?

— Je vais bien Monsieur, et vous donc ?

— Je t'ai apporté des mangues, la dernière fois j'ai entendu un de tes collègues dire que la mangue est ton fruit préféré. Est-ce bien cela ?

— Oh ! C'est très aimable de votre part mais ne vous embêtez pas pour ça.

— Bien au contraire, c'est avec grand plaisir.

— Sinon, vous voulez que je fasse quelque chose ?

— Euh… Oui oui… Si vous avez du temps bien sûr.

— Dites-moi un peu, de quoi s'agit-il ?

— Une cliente a besoin des conseils sur les démarches à suivre pour effectuer la liquidation de son entreprise.

— A-t-elle appelé ou est-elle là ?

— Elle est ici, elle attend… Et vu que je suis occupé à faire quelque chose, je me demandais si tu pouvais le faire.

— Je ne sais quoi vous dire.

— Que veux-tu insinuer ?

— Vous me permettez de bien fermer la porte, il faut que je vous parle.

— Oui, bien sûr… Laisse-moi le faire pour toi.

Il s'empressa de bien fermer la porte.

— Monsieur, j'ai énormément de respect pour vous mais je tiens à vous dire que je ne peux plus continuer à faire semblant.

— Semblant de quoi ?

— Semblant d'être ponctuel dans ce bureau alors que je le déteste. Semblant de me concentrer sur ce métier dont je n'éprouve aucune passion. Je souffre intensément de faire un métier que je n'ai pas choisi.

Il fronça les sourcils et reprit la posture de ce patron qu'il était autrefois.

— Et c'est quoi la suite ?

— Je suis désolée mais je ne peux plus continuer à travailler pour vous.

— J'hallucine ! Même avec cette délicate manière de te traiter ?

— Corrigez-moi si je me trompe mais vous ne le faites pas du fond du cœur. Regardez ce que vous dégagez à présent quand je vous ai fait part de ma décision.

— Tu n'as pas à me dicter comment je vais me conduire.

— Et voilà que vous recommencez.

— Et tu n'as pas le droit de me surprendre avec ta démission.

— Je ne suis pas condamnée à travailler pour vous.

— Si, si tu l'es.

— Je vous demande pardon ?

— Tu ne partiras pas d'ici tant que moi je ne l'aurai pas décidé.

— Vous vous trompez parce que là justement, je m'en vais.

Son cou de point sur la table se fit entendre, mais il ne me faisait pas peur.

— Faites ce que vous voulez mais moi ma décision est prise.

— Qui t'a embauché hein ? Qui va te payer plus d'argent que je te paye déjà hein ?

— Personne…

— Donc tu m'arrêtes cette comédie.

— Je vous jure que je ne changerai plus d'avis.

Pendant que je me levai pour prendre ma route il m'en empêcha avec toutes ses forces.

— Tu resteras ici, compris ?

Cette phrase qu'il prononça avec tant de virulence en postillonnant sur mon visage me fit soudain penser à cette fois où il m'avait dit qu'il était en voyage d'affaires alors qu'il était avec sa maîtresse.

— Lâchez-moi, vous me faites du mal.

— N'essaye même pas de t'enfuir sinon tu vas le regretter.

— Si vous ne me laissez pas partir, je vais tout dire à votre femme.

Il lâcha le col de ma chemise, pas pour me laisser aller mais pour que je lui fournisse des explications.

— Tu n'as rien à dire à ma femme.

— Vous croyez que je ne sais pas ce que vous faites ? Dernièrement, vous m'avez dit que vous étiez en Côte d'Ivoire pour une affaire alors qu'en vérité vous étiez avec votre maîtresse.

— Ne dis plus jamais ce que tu viens de dire.

— Non seulement vous êtes un mauvais patron, mais vous êtes aussi un homme irresponsable. Comment avez-vous osé ?

— Tu veux me menacer, c'est ça ? Mais tu ne m'auras pas.

— Ce jour-là, je vous ai lancé un appel WhatsApp et vous étiez au bord de la piscine avec elle.

Il déposa sa main droite sur son front et se rendit compte que je ne plaisantais pas.

— Et j'ai même les preuves de ce que j'avance. Et donc si vous ne me laissez pas partir je les montrerai à votre femme.

— Est-ce une menace ?

— Non… Bien plus que ça. J'ai en face de moi quelqu'un qui mérite qu'on lui dise quelle catastrophe naturelle il est.

Il me flanqua une gifle en pleine poire, je poussais un cri de secours qui se faisait entendre. Je vis Jordan ouvrir précipitamment la porte comme pour venir à ma rescousse.

— Elle est folle cette gamine, disait-il en retroussant ses manches.

Jordan se rendit compte de ma décision puisqu'il me voyait tenir ma joue sans arrêt. Mais il ne dit mot de peur que ce patron ne s'acharne sur lui. Il est bien vrai que j'avais mal mais je ne voulais pas que cela se fasse ressentir.

J'arrachais d'une zen attitude ma photo qui se trouvait sur le mur, pris quelque de mes ouvrages de droit et les introduisis délicatement dans mon sac avant de m'approcher et de tenir tête à cet homme.

— La faiblesse d'un homme se mesure au nombre de fois qu'il pose violemment sa main sur une femme.

Il grinça ses dents et regarda Jordan qui me donnait l'impression de ne pas savoir à quoi je jouais.

C'est alors que je quittai ce bureau tête haute tout en écoutant guère les phrases que mon ex-parton me lançait en marchant derrière moi… Sa dernière phrase était : « tu ne seras jamais quelqu'un de grand, ça tu peux le retenir ». Je souriais au fond de moi car je savais qu'il mentait.

Il se rendit compte que presque tout le monde le regardait dans toute sa virulence, un sentiment de gêne l'envahit tout à coup. Il lança un regard de courtoisie, à la cliente qui attendait mes conseils, c'était la femme de mon père. Mon père la tenait par la main. Je pris quand même le courage de quitter ce lieu.

— Ma fille. Peux-tu m'expliquer ce qui se passe ? disait-il un peu furieux en me rattrapant par ma main gauche.

— Je viens de démissionner.

— Est-ce que tu te rends compte de la grave erreur que tu viens de commettre.

— La grave erreur s'était de rester. C'est la plus belle décision de ma vie.

— Et que comptes-tu faire ? T'as trouvé une autre entreprise ?

— Non.

— Tu peux venir dans l'entreprise de ma femme. Elle compte liquider une pour en constituer une autre.

— Papa, je n'ai pas envie d'en parler, pas maintenant.

— Et puis je ne savais pas que tu travaillais ici. Je n'ai pas eu de tes nouvelles depuis des années.

— Je vais bien.

— Écoute… Si tu veux, on peut s'asseoir et parler calmement.

— Pour plus tard peut-être.

— Demain ?

— Excuse-moi papa mais je ne suis pas d'humeur. Si tu veux, tu peux me passer ton numéro et on en parlera.

Il fouilla dans la poche de son pantalon en rayure, puis sortit une vieille carte de visite qu'il me tendit. Sa femme garda son calme en nous regardant d'un air innocent. J'eus de la peine pour elle.

— Je vous contacterai… Passez une belle journée.

Mon père opinait de la tête ne me laissant pas le choix de partir et de prendre ma voiture afin de me rendre chez Mwinda et de tout lui raconter. En roulant, Je pouvais enfin avouer que j'étais fière de moi. C'était une décision que je n'avais pas assez de courage pour la prendre. Et même si cela s'était mal passé, au moins j'avais réussi à dire tout ce que j'avais sur le cœur.

Cœur allègre, sourire aux lèvres, j'imaginais la tête de ma meilleure amie quand elle apprendra cette nouvelle. C'est sûr qu'elle me fera une très grande récompense, elle qui n'attendait que ça. Je jetais un coup d'œil sur mon téléphone pour regarder l'heure mais son message retenu mon attention.

— *Je prends mon vol dans 45 minutes, ne m'en veux pas de ne pas t'avoir averti. Juste que je ne trouvais pas où puiser mon courage pour te dire que j'allais partir. Sois-en sûr que Je reviendrai et cette fois pour te dire pourquoi je suis revenue.*

Cette phrase sonnait bizarrement dans mon oreille, aussi bizarre que je ne m'attristais plus de son départ si inopiné. Pourquoi laissait-elle un si grand mystère à la fin de ses mots ? Pourquoi avait-elle décidé de partir sans me prévenir ? Pourquoi était-elle là ? Ces questions s'enchaînèrent dans mon cerveau que je décidai de garer ma voiture quelque part afin de pouvoir déchiffrer le sens de son message. Hélas que le moment de réflexion ne fut pas long car j'aperçus tata Sally, la petite sœur à la maman de Mwinda. Je descendis avec précipitation de ma voiture en criant son nom.

— Kéma ? disait-elle sous l'effet de surprise.

En m'approchant avec méfiance, je constatai qu'elle était plutôt souriante et très heureuse de me revoir. Je voulus la prendre dans mes bras mais je ne savais pas comment m'y prendre. Hier encore nous entretenions une forte relation, je la considérai comme une amie, comme un membre de ma famille. Elle avait un esprit goguenard qui ne me laissait jamais indifférente. J'étais très heureuse de remarquer encore ce beau sourire qu'elle esquissait malgré ce qui avait pu détruire nos deux familles.

— Comment vas-tu tata ?

— Très bien ma fille. Je ne savais pas que tu étais toujours ici. Très heureuse de te revoir.

— Moi encore plus. Tu es toujours cette ravissante femme. Les dix ans n'ont eu aucun effet sur ta personne.

— Oh ! Je vous le disais toujours… que vous aurez des rides avant moi.

— Ah ah ah ! Tu ne vas jamais t'arrêter hein. T'as un petit temps à m'accorder ? Je tiens à t'inviter manger ton plat préféré.

— Oh désolée ma fille, on m'attend à la pharmacie donc je dois filer.

— Comme c'est dommage !

— La prochaine fois peut-être.

— J'aurais dû partir avec Mwinda quand elle venait chez toi.

— C'était au bon vieux temps. Tu étais tout le temps avec elle et pourtant, pourquoi dis-tu ça ?

— Parce que quand elle est revenue, elle venait chez toi toute seule.

— Revenu ? Comment ça ? Je ne te comprends pas.

— Attends. Moi non plus. Tu ne t'es pas vu avec Mwinda ces derniers temps ?

— Mais non. Elle est toujours au Canada.

— Tu plaisantes j'espère ?

— Pourquoi dis-tu ça ?

— Parce qu'elle était revenue et est repartie aujourd'hui.

— Comment ça ? Je n'étais pas au courant.

— Ne t'a-t-elle pas remis les médicaments ?

— Mais non, pas du tout. Puisque je te dis que je ne savais pas qu'elle était ici.

— Tata, je ne vais pas te mettre en retard… On en reparlera la prochaine fois.

— Tu vois cette pharmacie en face, c'est là où je travaille maintenant. N'hésite surtout pas à passer.

— D'accord tata. À la prochaine.

Elle me lança un regard serein avant de s'éclipser. Je me rendus enfin compte que Mwinda depuis tout ce temps me mentait. Que faire maintenant ? Elle était déjà partie. Il fallait que je parte voir Monsieur Urvian B pour lui en parler.

Je l'attendais à la terrasse mais il mit un peu de temps à venir me rejoindre.

— Désolée pour le retard. J'espère que je ne vous ai pas assez fait languir ?

— Oh, ne vous en faites pas. J'aime votre nouvelle coiffure. Ça vous va si bien.

— Je vous remercie.

— Je vous dérange peut-être ?

— J'écrivais un peu.

— Je peux voir ?

— Allez-y

— Je peux lire ?

— Non

— Sérieux ?

— Je plaisante, allez-y.

Je pris le texte et je le lis avec un sourire qui ne me quitta pas.

« Et si on soufflait une bouffée d'air frais tout en contemplant ce beau ciel parsemé d'étoile ?

Sentir ce vent impétueux caresser notre peau, le laissant faire tomber ce voile ?

Qui couvre nos joies, nos sourires fabriqués, nos égratignures, ces quelques souvenirs lancinants.

Et si on se présentait tels que nous sommes, serions-nous à même de tenir longtemps ?

L'Homme se cache, s'isole, se recroqueville, a peur de se dévoiler à cause du regard des gens.

Et si on faisait un effort, celui de nous aimer comme si nous étions descendants des mêmes parents ?

Et si on choisissait une couleur afin de peindre tous les recoins de chaque continent, laquelle choisirions-nous ?

Le blanc ? Le vert, le rouge ? Le rose ? Il faudrait bien que le choix puisse être fait par tous

Car chacun a sa part de responsabilité, chaque couleur symbolise quelque chose.

Aurions-nous donc l'obligeance de renoncer au noir ? On sait à quel point elle rend la vie Morose.

Et si on arrêtait d'opiner de la tête alors que notre fond intérieur bouillonne tout le contraire ?

Apprendre à dire non, arrêtez avec cette obsession de toujours vouloir plaire ?

Et si on essayait de s'asseoir un instant, de dire merci à Dieu, de réaliser sa grâce, la beauté de la vie ?

Malgré les coups, les noyades, les acrobaties.

Le fait de respirer nous rassure que ce n'est pas encore fini.

Et si on arrêtait de procrastiner, de penser que demain serait le jour idoine pour réaliser nos rêves ?

Marquons le premier pas aujourd'hui car un maître a été lui aussi un jour un élève.

Et si on arrêtait d'ignorer nos dons, nos talents, refuser de prendre son propre chemin ?

Galvauder son talent c'est assassiné son destin.

Et si par nos simples mots, on aidait notre prochain à s'évader de ses maux ?

Lui rassurer qu'on est là, l'accepter avec ses qualités et ses défauts.

Et si on arrêtait sans raison de le fusiller du regard ?

Lui dire qu'on l'aime de son vivant au lieu d'attendre de le faire devant son cadavre ?

Et si on... Ma plume s'agite, trop d'idées s'entrechoquent dans ma tête. La liste est longue.

Mais une chose est certaine : chacun a un grain de sable à apporter pour que le monde change. »

Quand je finis de lire ce texte, j'applaudissais comme pour lui dire que c'était beau. Il ne dit mot, c'est à ce moment que je sus qu'il y avait quelque chose qui le turlupinait.

— C'est ma première fois de vous voir triste. Est-ce que tout va bien ?

— Je ne le suis pas en fait. C'est juste que je réfléchis.

— À propos de quoi ?

— De mes choix.

— Je veux savoir.

— En fait, il faut que je retourne.

— Je vous comprends, vous n'habitez pas ici.

— Cela ne vous attriste pas que je parte ?

— Si. Mais bon.

— Oubliez la question. C'était pour rigoler. Je suis venu ici uniquement pour prendre une décision. Je ne vous l'ai jamais dit.

— Vous pouvez tout me dire.

— J'ai voulu faire une demande en mariage à une femme avant que je ne vienne ici.

— Et ?

— Elle m'avait cachée une partie de sa vie. Et du coup, je suis venue ici pour réfléchir si je dois faire cette demande ou pas.

— Est-ce que vous l'aimez ?

— De tout mon cœur. Mais j'ai bien peur qu'elle ne puisse être une femme pour moi.

— Elle sait que vous êtes ici ?

— Je lui ai carrément dit que je devais réfléchir à propos de nous. Et elle n'a pas trouvé d'inconvénient.

— Réfléchissez juste bien… Vous n'avez pas à en en vouloir la femme que vous aimez juste à cause de son lourd passé.

— Si elle me l'avait dévoilé, je pouvais voir les choses autrement.

— Elle vient de vous le dire. Et puis… Qu'est-ce qui est aussi lourd de son passé qui vous met autant dans le doute ?

— Allez-y, votre téléphone sonne.

— C'est un message.

Et ce message attira mon attention… C'était Lionel.

Lionel : « Est-ce que tout va bien Kéma ? Tu n'as plus fait signe depuis la dernière fois. »

Fort curieux, il se pencha pour se rapprocher de vue de mon message, afin de connaître pourquoi mes yeux se promenaient dans les airs.

— C'est celui de la dernière fois hein ? me questionna-t-il sous un air gavroche.

J'opinais de la tête sans pourtant penser à ce que j'allais lui répondre, je ne lui ai avait jamais présenté mes excuses et il fallait que je le fasse.

Moi : « Tout va bien Lionel, merci de t'en soucier. Si t'es dispos, on pourrait se voir demain. »

1 minute plus tard...

Lionel : « Moi ça me convient. »

Je balayai d'un revers de la main ce moment de pause dont je m'étais accordée pour revenir à nos moutons...

— On disait ?

— J'apprécie votre courage. Enfin, vous vous êtes décidé de le tenir tête et lui demander des excuses.

— Et ceci grâce à vous.

— C'était juste enfui au fond de vous et il fallait quelqu'un pour vous le rappeler. Comment elle va votre amie ?

— En parlant d'elle, elle est repartie ce matin ?

— Repartie où ? Je croyais qu'elle habitait ici avec vous. Dommage que je n'eusse pas eu le privilège de la rencontrer.

— Elle serait honorée... Mais dommage qu'elle soit rentrée au Canada.

— Cela vous attriste ?

— Enfin... Je ne sais plus.

— Que se passe-t-il Kéma ?

— Elle fut étrange pendant un certain moment et elle se justifiait toutes les fois. C'est ma meilleure amie et je ne pouvais que la croire. Ce matin, elle m'annonce son départ alors qu'elle se trouvait dans la salle d'attente, je ne sais pas ce que je dois bien penser de cela.

— Peut-être qu'elle n'avait pas la force de vous dire au revoir

— Son corps dégageait une forte odeur de médicament. Elle me disait qu'elle rangeait des médicaments qu'elle allait rendre chez une de ses tantes. Ce qui est fort étrange est que je viens de croiser cette dernière qui était surprise de savoir qu'elle était ici.

— Très bizarre. Comment expliquez-vous tout ça ?

— Elle apprend juste à me mentir.

— Ça ne devrait pas vous étonner.

— Qu'est-ce qu'elle peut bien cacher ?

— Arrêtez de vous triturer les méninges et posez-lui tout simplement la question.

— Elle ne m'a jamais donné la véritable raison de sa venue.

— Elle est bien libre de circuler ou elle est veut, non ?

— Nous avons vécu des moments très difficiles avant qu'elle ne parte. Elle était partie sans me faire signe et a réapparu dans ma vie dix ans après.

— Elle était sûrement revenue pour s'excuser.

— Personne de nous deux n'est en tort dans cette histoire.

— Qui l'est alors ?

— Son père et ma mère le sont.

— Et qu'est-ce qu'ils ont fait ?

— Peut-être qu'un jour j'aurai le courage de vous le dire.

— Je respecte votre choix. Mais sinon, que fait votre amie au Canada ?

— Elle y habite avec sa famille.

— Pas mal. Et pourquoi n'êtes-vous pas allé y habiter aussi ?

— Je suis trop attachée à mon pays.

— Je vois.

— Vous y allez souvent ?

— Oui… J'organise souvent des conférences là-bas. Si vous lisiez les magazines, vous l'aurez su.

— Je n'en doute pas. Connaissez-vous Mayélé Pasmoukier ?

— C'est un grand footballer. Tout le monde le connaît.

— C'est le mari à ma meilleure amie.

— Ah ouais ? Mwinda est votre meilleure amie ?

— Eh oui… Vous êtes déjà croisé un jour dans les coulisses ?

— Non, juste avec son époux.

— C'est votre monde à vous.

Il se tut et me lança un regard qui traduisait de la peine.

— Je peux savoir pourquoi vous me regardez de la sorte ?

— J'ai juste peur pour vous

— Comment ça ?

— Je confirme que vous êtes vraiment dans votre petite bulle et que vous ne savez même pas ce qui se passe autour de vous.

— Qu'est-ce qui se passe ? Est-ce en rapport avec ma meilleure amie ?

Il se leva et soupira.

— Vous m'inquiétez là, il y a-t-il quelque chose que je ne sais pas d'elle ?

— Si c'est le cas, Google est là pour vous informer. Ne me dites pas que ça vous échappe que votre amie est une célébrité.

Je compris par là qu'il ne voulut rien me dire. C'est alors que je pris la décision de le savoir, j'aurais dû peut-être le faire plus tôt au lieu de m'amuser à enterrer et déterrer mes soupçons.

Je me ruai sur Google en cliquant tout simplement son nom pour que la vérité éclate : elle était atteinte du Sida, ça ne datait pas d'hier. Elle l'avait su très tard et avait décidé volontiers de se laisser abattre par cette maladie.

Chapitre 8

Je ne voulais pas remuer la cendre de mes souvenirs, je ne voulais pas les laisser venir encore moins les ressentir très près de moi. Non, je ne le voulais pas et je ne souhaitais pas changer d'avis. Je ne pouvais la retenir, cette peine qui sourdait en moi et qui me rendait demi-morte. Ah quel cauchemar ! Qui par je ne sais quel miracle pouvait me pincer et me dire que ce n'était qu'un cauchemar ? Qui aurait l'amabilité de me susurrer vers mon oreille gauche qu'il faut que je me réveille car je suis en retard ? En retard pour me rendre compte que ma meilleure amie ne fera bientôt plus partie de ce monde ?

Je laissais pour la énième fois un message sur son WhatsApp mais toujours en vain.

J'aurais juste voulu vivre ces derniers moments avec elle, lui dire que notre amitié sera éternelle car si elle s'en va demain au moins elle ira dans mes bras.

Une larme récalcitrante s'échappa de mon œil gauche. Je ne pris pas la peine de la faire disparaître. Je me levai soudain pour me rendre à l'université car l'heure ne me permettrait pas de rester là, lasse. Oui, je m'étais enfin inscrite dans un institut privé afin de prendre une formation en architecture. La première fois que je mis pied en ces lieux, je ressentis une sérénité incroyable, une joie incontrôlable. J'estimais faire quelque chose dont je rêvais tant mais que je n'avais pas le courage de rendre possible.

J'étais désormais cette fille qui accomplissait petit à petit ses rêves. Il était bien vrai que je fus la plus âgée de ma classe mais à aucun moment de ma vie je n'avais regretté y être. Mes collègues étaient joviales, ils me laissaient avec sérénité entrer dans leurs vies et fonder une famille en si peu de temps. Je pouvais m'efforcer de faire renaître cette petite fille qui voyait autrefois la vie du bon côté.

Quand je terminai les cours en ce jour, il était à peine midi et comme pour habitude, après l'université je me mettais devant le portail de chez moi afin de vendre mes tableaux. J'avais placardé en lettre majuscule sur mon mur : « ici, vente des tableaux d'art. » Ce qui pouvait sans nul doute attirer l'attention des gens mais dommage que personne ne s'était hasardé à venir tambouriner au portail afin de s'en procurer au moins un. Les fois que je me mettais à les vendre dehors, les passants restaient scotchés à ces images sans même oser demander à quel prix ils s'élevaient.

Il arrivait des jours où personne ne me regardait quand je proposais l'œuvre de mes mains. J'avoue que plus d'une fois j'ai douté de mon talent, plus d'une fois où je me suis dit : fais tes cours d'architecture et attends d'être architecte car la peinture c'est pas pour que tu en fasses un métier. Au moins ça, j'ai toujours su au fond de moi que je ferais une très bonne architecte.

Deux heures de mon temps passées là, essayant d'attirer l'attention de ces hommes qui, hélas, ne prenaient guère le soin de s'arrêter et de se procurer ces objets, me plongeait dans un début de défaitisme. Une émotion négative me parcourut soudain l'échine et je laissais mon regard vide se diriger sans hésitation vers le ciel. C'est ce qu'avait l'habitude de faire ma mère quand ses questions semblaient la malmener, voir la terrifier. Enfin, je l'avais su un peu plus tard.

En ce moment, Je voulus me battre avec ces pensées qui se dirigeaient farouchement vers cette femme mais j'étais à bout de force de lutter. Son image engloutissait si bien ma mémoire, son vécu dont j'avais connaissance résonnait dans mes belles oreilles comme les pas des chevaux en pleine course. Que pouvais-je donc faire que de reconnaître dans mon fond intérieur qu'elle me manquait ?

C'est alors que je demandais de l'aide à Céline pour faire rentrer les tableaux dont j'avais exposé afin de me rendre chez mon père.

Cette visite insolite semblait le bercer d'allégresse et d'accalmie. Il n'avait pas besoin de me le dire, je le sentais indéniablement dans son regard. Il hésita à me prendre dans ses bras, mon attitude neutre ne lui donnait pas une certaine conviction. Avant qu'un mot ne puisse s'échapper de sa bouche, un sourire furtif se peignit sur mes lèvres comme pour lui dire que tout allait bien. Je revoyais dans ses yeux cette même lueur, cette même fierté que quand je lui avais annoncé que j'allais recevoir un prix venant du ministre de l'enseignement secondaire dû à la bonne moyenne obtenue après délibération du baccalauréat. Les cendres de mes souvenirs s'étaient remuées et j'étais prête à l'assumer. Je désirais tant qu'il me dise qu'à cet instant qu'il était encore fier de moi. Mais fier de quoi ? Pourquoi au juste ?

— Est-ce que tout va bien ma fille ? fit-il soudain entendre sa voix rocailleuse.

Je déglutis délicatement ma salive comme pour m'évader de mes interrogations.

— Tout va bien. C'est juste que ça fait des lustres.

— Oui, j'avoue. À part la dernière fois sur ton lieu de travail.

— Effectivement. Sinon comment vas-tu ?

— La vie reste belle. Tu m'as énormément manqué ma fille !

Une dame s'approcha de nous et nous servit du jus de Fanta passion. Cette boisson si délicieuse me requinquait que je pris trente secondes pour m'échapper de cette fatigue que je trimbalais sur les épaules.

— Ça fait plaisir de te revoir avec ce visage si frais et jeune, rétorquais-je en le tendant mon verre comme pour trinquer à nos retrouvailles.

— Ma joie est tellement immense ma fille. Si seulement tu savais. Il me manquait toi dans ma vie.

— La vie nous a tellement éloignés…

— Non tu t'es efforcé à me laisser seul.

— Tu avais elle… Enfin… Tu as elle…

— Elle c'est ma femme et je l'aime de tout mon cœur. Comment peux-tu m'en vouloir d'aimer quelqu'un d'autre que ta mère alors que cette dernière m'a laissé pour un autre ?

— Je ne sais plus quoi penser… C'est difficile de te voir avec elle…

— Tu devrais t'y habituer parce que ta mère ne reviendra jamais.

— Et si elle revient un jour, Auras-tu le courage de lui pardonner ?

— Où puiserai-je la force de la regarder dans les yeux ?

— Dis-moi papa, pourquoi tu t'es obstiné à construire une vie avec elle alors que le fondement de votre amour n'était pas solide ?

— Voilà pourquoi je vous interdis de prendre le risque de construire si vous êtes conscient que le plan est incertain et que

116

le fondement n'est pas solide. Ceci est valable en amitié comme en amour.

— Vous avez toujours montré que vous étiez l'exemple à suivre.

— J'aimais énormément ta mère et je faisais assez d'efforts pour que cela soit réciproque. Mais hélas que malgré ces efforts, elle ne pouvait pas tromper son cœur. Le cœur ne sait pas faire semblant, quand il aime il aime, quand il déteste il déteste. La seule difficulté est qu'on ne le voit pas haïr ou aimer. On ne voit parfois pas manifester tout ce qu'il ressent dans les actions de la personne qui le porte.

— Je suis désolée.

— Heureusement qu'elle réfléchissait encore avant de me dire oui… Fort heureusement. Elle est partie de manière inopinée, sans explications ni dernier mot. Imagine ce que je pouvais ressentir en ce moment-là.

— Quoi, vous n'étiez pas marié ?

— Nous étions fiancés et ça a duré de nombreuses années.

— Je vous croyais mariés. Tu ne voulais pas en parler papa.

— Il faudrait qu'un jour on puisse s'expliquer sur les malentendus, la vie est trop courte. Nous n'avons pas de temps à perdre.

— Et donc vous ne pouvez plus rien arranger ?

— Tu n'es plus une petite fille pour comprendre que je ne suis pas assez fou pour revenir avec elle.

— Même si elle venait s'excuser ?

— Il est déjà trop tard.

— On dit souvent qu'il n'est jamais trop tard.

— Pas quand un cœur a été piétiné et qu'il bat à nouveau pour une autre et qu'il a décidé de passer le restant de ses jours avec elle. Je me suis marié avec elle et c'est avec elle que je veux vivre pour l'éternité.

— Et tu comptes oublier maman pour toujours ?

— Je n'oublierais jamais cette femme mais mon cœur ne battra plus jamais pour elle. Cela m'a pris du temps pour guérir et je ne prendrais pas ce risque de rouvrir cette plaie. Les blessures doivent guérir et non demeurer éternelle. Ne prends pas le risque de chérir une blessure, elle n'est pas un bijou.

— C'est bien triste ce qui nous est arrivé papa.

— Je sais que tu as aussi énormément souffert mais que veux-tu bien y faire ? Continuer à souffrir pour une personne qui est partie et qui n'a pas pensé à l'état de ton cœur ?

— Tu veux dire qu'elle ne m'aimait pas assez ?

— Elle t'aimait du plus profond de son cœur. Ce que je veux te faire comprendre est que tu ne dois pas continuer à infecter ton cœur alors qu'il ne demande qu'à guérir, à être en bonne santé.

— Comme si c'était facile

— OK... Que comptes-tu faire alors, continuez à souffrir ? Dis-moi ce que cela t'apporte ?

— Papa, tu parles de ma mère là.

— Le mal est déjà fait et tu devrais vivre avec.

— Je veux la revoir.

— Je ne sais pas où elle se trouve ma chérie.

— Si seulement un jour je pouvais la revoir. Si seulement.

— Elle reste ta mère et je te comprends. Si un jour j'apprends qu'elle se trouve quelque part. Je n'hésiterai pas à te faire signe.

— J'ai besoin d'elle dans ma vie comme j'ai besoin de toi aussi.

— Je suis déjà là pour toi... Tu la reverras un jour. J'en suis plus que certain.

Ma gorge se noua et je remarquai à peine les larmes qui ruisselaient sur mon visage.

— Ce n'est pas facile pour un enfant de voir ses parents se séparer, c'est une épreuve très douloureuse. Leurs sentiments se sont brisés mais que l'amour que tu éprouves pour chacun d'eux ne puisse jamais se briser.

Tout éplorée, les mots me manquaient. Son visage par compte n'était pas triste, c'est alors là que je remarquais qu'il était complètement guéri. Je lui devais quelque chose et je crois que c'était le bon moment de le lui faire savoir.

— Je suis désolée de t'avoir tourné le dos. Je m'excuse de t'avoir laissé t'enfoncer dans ta haine. Je m'excuse de t'avoir lâché dans ce moment le plus sombre de ta vie. Je ne supportais plus ce silence. Je ne supportais pas ta mauvaise humeur. Tu avais tellement changé papa et je ne pouvais pas souffrir plus que ce que je souffrais déjà. Je ne supportais pas que tu puisses aimer une autre femme que ma mère. Pour moi, tu l'avais trahi même si nos cœurs elle les avait salis. Je t'en ai tellement voulu que j'ai préféré m'éloigner de toi. Mais je me suis rendue en fin de compte qu'être très loin de toi ne faisait qu'empirer les choses. Il fallait qu'on parle pour que je sache ce que nous pouvions faire ensemble. Aujourd'hui, je le sais et je le dis haut et fort que nous devions continuer à nous aimer, aussi fort que nos cœurs le réclament.

Il me fixa et essuya ses larmes qui m'empêchaient de voir son visage s'illuminer et me servit un deuxième verre. Je pouvais comprendre par ce geste, aussi attendrissant fut-il, qu'il acceptait si bien mes excuses et que je n'avais plus aucune dette envers lui.

— Où est-elle ? le questionna-t-il en remarquant qu'il n'avait pas changé sur le fait de ne pas être expressif.

— Elle est au téléphone pour une affaire qui concerne sa nouvelle entreprise.

— Étiez-vous finalement resté pour le conseil ?

— Oui, oui. Ton patron avait l'air si triste quand tu étais partie. Pourtant j'ai remarqué qu'il vociférait après toi.

— Ce n'est pas pour rien que j'ai démissionné, il vociférait tout le temps. Il était si insupportable.

— Il te payait bien j'espère ?

— Je gagnais très bien ma vie.

— C'est dommage que tu puisses quand même partir.

— Il le fallait bien. J'ai beaucoup souffert émotionnellement.

— Et là, t'as finalement trouvé un emploi ?

— Non papa.

— Je t'ai pourtant dit que tu pouvais travailler avec ma femme. Ton patron en partant nous a fait savoir que tu es une très bonne juriste. Je n'ai pas voulu dire que tu étais ma fille.

— Il n'a qu'à dire tout ce qu'il veut sur moi. Je ne repartirai plus jamais travailler pour lui.

— Et chez mon épouse alors ? Tu n'as pas répondu à ma question. Ou bien cela te dérange toujours ?

Je pris mon calme qui ne le laissa pas indifférent.

— Tu as quelque chose à me dire ? Je sais que quand tu restes silencieuse c'est que tu as des choses à dire mais tu ne sais pas par où commencer.

— Oui. Justement

— Tu peux tout me dire.

— Je ne suis pas passionnée par le métier de juriste.

— Qu'est-ce que j'entends là ?

— Le droit était ton choix papa, pas le mien.

— Tu le dis à cause de la mauvaise expérience avec ton patron, c'est ça ?

— J'ai toujours eu pour horreur les cours de Droit. Quand maman est partie, tu t'es replié sur toi-même et tu ne demandais plus mon avis. Tu m'as imposé ce choix sans me laisser dire mon dernier mot.

— J'ai vu que c'est ce qui te correspondait le mieux. La preuve en est que ton patron apprécie ton travail.

— Mon ex-patron. Je ne suis pas faite pour ça… Désolée de te décevoir.

— Oui, j'avoue que je suis très déçu par ce que je viens d'apprendre.

— Il ne s'agit pas toi papa, il s'agit de moi. Je veux faire quelque chose qui me passionne.

— Et qu'est-ce qui te passionne ?

— Le dessin.

— Comment ça le dessin ?

— Je dessine depuis toute petite.

— Attends. Et comment je ne le sais pas ?

— Parce que j'avais peur de ta réaction… C'est juste quelque chose d'inné, je n'ai pas demandé à ça.

— Heureusement que tu ne me l'as pas dit à l'époque… Tu abandonnes le poste de juriste pour faire du dessin ?

— J'ai commencé avec les cours d'architecture. Je veux devenir architecte.

— Ah Bon ?

— Je veux devenir artiste peintre aussi.

— J'avoue que je suis très étonné par tes révélations.

— Il m'a fallu du temps pour réfléchir comment oser tout reprendre à zéro.

— Je ne sais pas ce que ça fait de faire quelque chose qu'on n'aime pas mais je crois que cela peut être terrible voir suicidaire.

— Tu ne peux pas imaginer à quel point j'en ai souffert.

— Je ne peux pas te dire que je suis fier de ta décision, ça serait te mentir. Mais si seulement tu as besoin de moi ou de mon soutien financier, n'hésite surtout pas. Je veux être là à chaque instant de ta vie ma fille. Que nous soyons soudés à jamais.

J'avalais une grande rasade de Fanta passion avant de rejoindre sa femme dans la cuisine. Elle était debout à côté de la fenêtre entrain de contempler la nature et semblait sûrement appréciée. Ses cheveux faits de chignon lui donnaient un air plus jeune. Sa mine joviale et florissante se faisait ressentir et je ne pouvais que m'approcher près d'elle afin qu'on puisse vivre ce moment à deux.

— Vous avez un très beau jardin.

Elle prit peur et se ressaisit quand elle se rendit compte que c'était moi.

— Merci. J'avoue que je ne m'attendais pas à ce que tu viennes me surprendre ici. J'attendais que tu puisses finir avec ton père pour que je puisse au moins te saluer. Je ne voulais pas vous déranger.

— Je vois. Nous avons fini de bavarder et ça s'est très bien passé.

— Heureuse de le savoir. Il a tellement rêvé de ce moment.

— Moi également.

— Tu es tout pour lui Kéma, ne t'éloigne plus jamais de lui.

— Il t'aime aussi si fort. Tu peux en être convaincue.

— Il fait de moi l'épouse la plus heureuse. C'est un homme merveilleux.

— Qu'il en soit ainsi. Je m'excuse de ne pas t'avoir accordé mon attention durant tout ce temps.

— Je te comprends.

— Je ne me suis pas rendu compte que tu attendais cette marmite au feu, puis-je faire quelque chose peut-être ?

— Oh non t'inquiètes, j'ai presque fini.

— J'insiste.

— OK. Aide-moi à dresser la table si tu veux bien.

Je fis un mouvement brusque comme pour m'étirer puis je me mis à essuyer les verres avant de les poser sur la table. Papa s'introduisit dans la cuisine donnant l'impression d'assouvir sa curiosité par sa présence. Il ne tarda pas à nous regarder parler du projet de la création de l'entreprise de sa femme puis nous aida à dresser la table.

Le plat était d'une saveur incroyable. Cette viande de porc-pique au bouillon me donnait juste l'occasion de m'empiffrer de plus belle. Je n'hésitais pas à faire savoir à la femme de mon père qu'elle était une très bonne cuisinière, elle le prit avec beaucoup d'humilité en disant que je peux faire mieux si m'investis vraiment. Nos conversations ne manquaient pas d'entrain, l'esprit goguenard de mon père réapparaissait et cela me faisait un grand bien de rire aussi fort comme j'avais pour habitude. Ma mère me manquait toujours et je voulais chasser ce ressenti. Je pris un grand plaisir à être avec eux en ce moment précis.

Quelque heure plus tard, je décidais de les laisser car j'avais une autre histoire à régler : celle de donner des explications à Lionel et lui demander de m'excuser. Je savais que je faisais une bonne chose même si j'avais assez tardé de le faire. Je savais que j'avais brisé un cœur et que j'avais le devoir de le réparer.

Cette fois-ci, il ne me donna pas rendez-vous sous ce fameux palmier et je ne voulus pas savoir pourquoi. Je l'attendais alors dans une bibliothèque en essayant de feuilleter quelques ouvrages qui étaient à la portée de ma vue. Quelques minutes après quand j'eus levé mes yeux, j'apercevais un magazine dont la couverture était engloutie par la silhouette parfaite de

Mwinda. Une angoisse me tenaillait soudain le cœur que je ne pris pas le courage de l'ouvrir. Je voulus me lever pour sortir de là que Lionel se présenta devant moi comme par magie.

Je ne saurais vous décrire l'homme éphèbe qui se trouvait devant moi, tout ce que je peux souligner est que j'étais très heureuse de le revoir.

— Quoi, tu voulais déjà partir ? me questionna-t-il en me tendant sa main satinée en guise de salutation.

— Tu es quelqu'un de ponctuel. Je me disais que tu n'allais plus venir.

— Je n'allais pas oser te poser un lapin. Je m'excuse pour le retard.

— Non c'est pas bien grave. Heureuse de te revoir.

— Moi de même. Alors, comment vas-tu ?

— Bien, bien… Et toi donc ?

— Je vais également bien. Le travail, ta petite famille ?

— Tout va bien. Et de ton côté ?

— Tout est parfait. J'ai la vie dont j'ai toujours rêvé.

— Je vois.

— Pourquoi comptais-tu me voir Kéma ?

Je gardais mon silence pendant un moment avant de souffler un bon coup d'air.

— Je sais que c'est un peu trop tard mais je tenais à te demander des excuses pour tout ce que je t'ai fait subir. Je suis partie sans explications concrètes, sans penser à ce que tu allais ressentir après. Je suis vraiment désolée Lionel.

— Attends… Tu m'as fait venir ici pour ça ?

— Je te devais des excuses.

— Tu pouvais le faire par texto Kéma.

— Pardon ?

— Je me disais que tu traversais quelque chose de grave et que tu avais besoin de mon aide. On n'avait pas besoin de se déplacer pour ça, voyons.

— Je m'excuse de prendre un peu de temps. Je voulais le faire de vive voix.

— OK.

— OK ?

— Que veux-tu que je te dise Kéma ? Tu avais pris ta décision et j'avais fini par la respecter. Si tu as reconnu que tu avais tort d'agir ainsi, c'est une bonne chose. Je n'ai gardé aucune rancune envers toi. Rassure-toi, je me suis efforcé d'aller bien.

— Cool.

— Si c'est tout. Je crois que je dois partir maintenant.

— C'était tout.

— N'hésite pas à me contacter le jour que tu auras besoin de moi.

— OK… Mais en attendant, je te souhaite tout le bonheur du monde.

— Je le vis déjà. Je suis un homme très heureux Kéma et je veux que tu sois autant heureuse que je le suis.

— Bien.

Il fit quatre pas en avant et revint sur ses pas.

— J'étais très sérieux quand je disais que je veux que tu sois très heureuse comme je le suis

— J'en suis consciente.

— Je sais… C'est parce que j'ai remarqué que tu ne l'es pas.

— Que je ne suis pas quoi ?

— Tu n'es pas heureuse Kéma.

— Comment-oses tu ?

— Tu n'es plus celle que j'ai connue auparavant. Où est-elle donc passée ?

— Tu commençais déjà à me le dire quand tu remarquais que je m'éloignais de toi.

— Oui après le départ de ta mère. Ne me dis pas que c'est à cause de ça que tu es restée pendant des années dans ce cercle de tristesse ?

— Je ne te donne pas le droit de déterrer cette histoire.

— Arrête de jouer à la gamine et prends le soin de m'écouter.

— Je croyais que tu étais prêt à partir, je ne veux pas entendre un mot de plus venant de toi.

— Tu n'es pas venue sur terre pour vivre malheureuse et mourir ainsi. Qu'est-ce que l'humanité retiendra de toi ?

— Je t'interdis de me donner des leçons de morale.

— Tu en as besoin... Écoute Kéma, arrête de t'efforcer d'aller mal quand tu peux t'efforcer d'aller bien.

— Comme si c'était facile.

— Ne t'attends pas à la facilité pour accomplir de grandes choses. La facilité ne rime qu'avec petitesse.

— Je vais bien.

— Désolé mais je n'en suis pas convaincu. Chaque jour est un risque de souffrir mais chaque jour est aussi une occasion de guérir et de sourire.

— Comment arriver à sourire quand on n'a aucune raison ?

— Qu'est-ce qui te ferait sourire alors ?

— Quelque chose de grandiose.

— N'économise pas ton sourire pour des moments que tu juges grandioses, tu perdras sûrement des journées entières. Car à force de chercher une raison de sourire, l'on oublie que cette occasion se présente à nous chaque jour. Être en vie doit être une raison de sourire et de vivre heureux.

Ces paroles semblaient retentir dans mes oreilles que je le laissais parler en me contentant de l'écouter. J'aimais l'écouter autrefois et je crois que celle-ci serait la dernière fois.

— Concentre-toi sur le présent Kéma. Ton présent a si besoin de toi, ne lui prive pas de ta présence. Le meilleur est à venir comme le pire est à venir aussi. La vraie question est de savoir ce que tu fais de ton présent. Vis ton présent comme si tu savourais ton fruit préféré.

— J'essaye de me refaire. C'était pire avant.

— Moi aussi c'était pire avant et tu le sais pertinemment. Quand tu es partie, mon cœur a arrêté de battre. C'était l'épreuve la plus douloureuse de ma vie. J'ai sombré, j'ai passé des heures à pleurer. Mais tu sais quoi ? C'est à moment que j'ai compris que j'étais fort car malgré le cœur coupé en deux, j'étais toujours vivant. Oui, je pouvais toujours respirer et c'était ça le plus important.

Il ébaucha un sourire, je savais que ça me rappellerait quelque chose et je ne voulais pas y repenser. Entre cette histoire idyllique et moi se trouvait un énorme fossé, celui qui m'empêchait de le sauter parce qu'il était trop grand et Je le savais. Il ne fera pas marche en arrière, et même s'il le faisait, ma culpabilité m'étranglera de lui faire aimer deux femmes et combien même ça ne sera pas au même titre. Il ne sautera pas pour venir me rejoindre car son monde était bien meilleur avec une autre. Je n'avais pas le choix que de respecter son choix. Il faudrait bien souhaiter à l'être qu'on a aimé le bonheur sans nous car après l'amour ce n'est pas de prier qu'il soit défiguré par de rudes coups.

— Je te remercie pour tes conseils et pour ton temps, lui dis-je en lui rendant son sourire. Mwinda m'a dit un jour que les mots ne suffisent parfois pas pour réparer un cœur brisé et elle avait raison. Il n'a pas fallu que tu entendes qu'on te dise que tu dois passer à une autre étape. Toi-même tu l'as décidé parce que tu t'es rendu compte que si tu restais là où tu étais, tu n'allais pas voir la lumière du jour. Il n'y a que des braves qui agissent comme ça et tu peux être fier de toi. Il me fallait réparer mon erreur. Et voilà que je viens de le faire.

— Répare ton cœur aussi, il te faut prendre un nouveau départ. Un cœur brisé est comme une voiture en panne, il faudra que tu le répares pour pouvoir prendre un nouveau départ.

Chapitre 9

Je suis en train de le réparer, ce cœur qui a tant souffert.
Je suis en train de me reconstruire, en m'efforçant à ne plus
garder cette blessure ouverte.
Mes émotions négatives n'ont plus trop d'influence sur moi
Quand elles veulent surgir, je me dois de dire « taisez-vous »

Quand le cœur est touché,
Tous les autres organes sont sourds et muets.
Et si on laisse la douleur s'accentuer.
C'est tout le corps qui sera paralysé.

J'ai vécu des jours sombres
Où mon seul et unique espoir était de mourir dans l'ombre

J'ai goûté à la sève,
De cet arbre sans fruits
Le goût était âcre mais je ne devais faire aucun bruit
Ma bouche était obstruée, il était mon maître et moi l'élève.

Crapahuté je ne savais plus le faire,
Après avoir cousu, je ne savais plus défaire.
À croire que quelqu'un le ferait à ma place.
Beaucoup plus de lamentations et peu d'audace.

J'ai fini par comprendre qu'une douleur ne se chérit pas
On l'extirpe,
Sans qu'on l'explique
Pourquoi elle ne doit plus dormir avec nous sous nos draps.

Aujourd'hui est un nouveau jour, je me suis demandé à mon réveil ce qu'il m'apportera. Mais celle-là n'était pas la bonne question car de nouveaux jours il y en aura ou peut-être pas, mais qu'est-ce que je ferai des journées que je verrai ? Qu'est-ce que je ferai de ces 24 h ? Qu'est-ce que je ferai aujourd'hui de si bien qui me rendra fière quand ces journées deviendront mon passé, ce temps-là, ce « autrefois », ce « avant », ce « il fut un temps » ?

C'était t samedi et je n'avais pas cours les samedis. Mwinda n'était toujours pas joignable et je ne cessais de prier que le bon Dieu se souvienne d'elle. Monsieur Urvian B avec qui je pouvais passer un peu de mon temps fit un tour aux états unis car il avait très bien réfléchi et qu'il s'était enfin décidé à faire une demande en mariage à cette femme qu'il aimait tant malgré son soi-disant passé obscur. Il m'avait promis revenir et je n'attendais que ça.

Je ne pouvais plus aussi me voir avec mes ex-collègues de travail parce qu'ils étaient un peu trop occupés avec le boulot mais nous avons gardé bon contact. Jordan ne cessait de me rappeler la scène du jour que j'avais démissionné, nous rîmes d'elle aujourd'hui alors qu'elle fut une catastrophe au moment qu'on la vivait.

11 h, je finis de me pomponner avant de prendre mon *personal computer*. Une idée me tarauda l'esprit et je me lançai enfin. Je créais un compte Facebook sous le nom de « Les œuvres de Kéma ». Je n'hésitai pas à inviter mes amis de Facebook à aimer la page.

Je postai une première photo d'un de mes tableaux, c'était une femme au foulard détaché ébauchant un charmant sourire. Je pianotai ces quelques mots : « Voilà comment je me sens quand le pinceau effleure mes doigts. Bienvenu sur ma page ».

Quelques minutes après, je reçus deux commentaires de deux de mes collègues du lycée.

Farida : « Coucou Kéma ! c'est toi qui as fait ça ? »

Samuel : « Qui a dessiné la femme sur le portrait Kéma ? »

Je souris et je soulignai que c'était moi, même si ma phrase expliquait tout dès le départ. Puis il eut d'autres commentaires pour apprécier et pour m'encourager de me faire connaître. Mon cœur était joyeux et je ne pouvais m'empêcher de lire ces commentaires qui me faisaient fondre le cœur. Pendant que mon cœur s'abandonnait à la joie, j'aperçus un commentaire qui retint aussi bien mon attention.

« Ce tableau n'est pas d'elle. Arrêtez de l'encourager à la place d'une autre personne. »

Ce commentaire émanait d'une personne que je ne connaissais pas dans la vraie vie, c'est peut-être quelqu'un qui avait mal dormi, me suis-je dit tout bas. Je refusais de me prendre la tête à lui répondre, je perdrais inutilement mes quelques minutes de mes 24 h.

Quelqu'un tambourina soudain à la porte de ma chambre, je l'invitai à entrer. Puis je reconnus sa voix, c'était mon collègue Jordan. Je lui dis de m'attendre au salon.

Il avait l'air pas trop dans son assiette, je lui demandai gentiment ce qu'il avait. Mais il resta muet.

— Allez, Jordan, tu sais que tu peux tout me dire.

Il me fixa attentivement et décida enfin de me parler.

— Tu m'as invité sur ta page Kéma ! commença -t-il en grinçant ses dents.

— Oui bien sûr. Et c'est ce qui te met dans cet état ? Quoi je n'aurais pas dû ?

— C'est juste incroyable ce portrait. Je ne savais pas que tu dessinais.

— Je le fais depuis que je suis toute petite.

— Et je ne me suis pas rendu compte depuis tout ce temps.

— Je ne voulais le dire à personne.

— Et pourquoi ?

— Je ne sais pas.

— Moi je sais pourquoi. Tu as juste peur que ta lumière brille aussi fort que tu ne l'avais imaginé.

— Oh ! Mais non, pas du tout. Je le faisais pour moi.

— Oui mais tu as un talent incroyable.

— Je te remercie.

— Ça ne suffit pas Kéma. Comment peux-tu rester dans l'ombre alors que tu peux apporter de la lumière aux autres ?

— Jordan… Je viens de créer une page là.

— Après combien de temps ? Pourquoi as-tu attendu tout ce temps ?

— Je ne me pose plus ces questions. Je viens de faire un pas très important et c'est juste ça qui compte.

— Tu pouvais t'y prendre plus tôt.

— Saint Exupéry a dit un jour : « le moment d'agir est maintenant. Il n'est jamais trop tard pour faire quelque chose ».

— Bien. Je peux voir d'autres tableaux ?

— T'es sérieux là ?

— Plus que sérieux. Combien tu en caches ?

— Beaucoup. Ils sont tous dans ma chambre. Mais attends que je te les montre. Je dois faire un tour pour me payer un nouveau pinceau et de la peinture. Tu m'accompagnes ?

— Tu les payes loin d'ici ?

— Pas trop. On sera de retour plus tôt.

— Désolé mais je dois filer. J'ai quelque chose de très important à faire.

— D'accord Monsieur super occupé.

— Je commande un verre d'eau à Céline avant de partir.

— OK. Je te laisse.

Il opina de la tête et moi je me hâtai d'aller me procurer des pinceaux et de la peinture.

En marchant d'une allure fière, j'aperçus une jeune fille esseulée. L'image de l'enfant décédé écrasé par la voiture me revint brutalement dans la tête que je décidai de ne guère passer mon chemin comme si de rien n'était. C'est alors que je m'approchai doucement vers elle et que je m'assis à ses côtés. Elle était assise sur une brique s'adossant sur un papayer.

Elle savait que j'étais là mais décida de garder sa langue dans sa poche.

Moi j'étais là pour lui parler et je ne voulais pas que cela soit trop tard.

— Qu'est-ce que cette belle demoiselle fait toute seule ici ?

— Je réfléchis

— À quoi ?

— À tout.

— Je peux au moins savoir sur quoi se porte une de tes réflexions ?

— Vous ne me comprendrez pas.

— Qu'est-ce qui te le fait dire ?

— Parce que je le sais.

— Écoute chérie… Ce n'est pas restant là que tu trouveras la solution.

— Ce n'est pas en vous le disant non plus que je trouverai la solution.

— Qu'est-ce qui t'empêche donc de me le dire ?

— Je ne vous connais pas.

— Je m'appelle Kéma, et toi ?

— Ce n'est pas de ça dont je faisais allusion.

— Je sais.

— Moi c'est Elykia.

— Enchanté Elykia.

Elle me lança un coup d'œil rapide et battit farouchement ses paupières.

— Vous êtes la seule personne à venir s'asseoir à mes côtés et me demander ce qui ne va pas.

— Et tu trouves cela étrange ?

— Pas étrange mais…

— Je vois. Peu importe… Mais tu ne laisseras pas la personne qui se soucis de toi partir sans savoir de quoi tu te soucis.

Elle soupira avant de me sourire. C'était gagné.

— Avez-vous des rêves ?

Fortement étonnée par son interrogation, je bafouillai sous la candeur de son regard.

— Oui, comme tout le monde.

— Et c'est quoi le vôtre ?

— Vivre pleinement de ma passion. Tu vois ces pinceaux ? Je suis venue les acheter dans le magasin d'en face parce qu'une nouvelle aventure commence.

— Et qu'est-ce que les gens disent à propos ?

— À propos de quoi ?

— De ce rêve.

— Ce n'est pas le rêve des gens, c'est le mien Elykia.

Elle déplaça sa brique et vint la mettre en face de moi. Son geste semblait me marquer et je lui souris à mon tour.

— Vous voulez me dire que l'avis des gens ne compte pas ?

— Du moment où c'est mon rêve, pourquoi m'attarder sur ce que les gens pensent à propos ? Eux aussi ils ont leur rêve, non ?

— Oui mais s'ils ne croient pas en vous ? S'ils passent leur temps à vous dire que vous rêvez pour rien, que vous n'êtes pas capable de réaliser ce rêve ?

J'observai son visage se tordre de douleur. Ses yeux étaient moins éclatants comme il y a quelques minutes près. C'est alors que je réalisai qu'elle était noyée par le poids des mots des gens qui l'entouraient.

— S'il y a une chose que je veux que tu retiennes, c'est celle-ci : « Ce n'est pas parce qu'il doute la fertilité de la terre de ton jardin que tu dois arrêter de l'arroser ».

Elle garda son silence, je savais qu'elle me comprenait et alors, je pouvais continuer :

— Ils chercheront des adjectifs qualificatifs pour te définir, ils auront même l'audace de te coller une étiquette qui est diamétralement ton opposé. Laisse-les se triturer les méninges à ton sujet, souris même s'il le faut. Car personne ne peut te faire douter de tes rêves tant que ton langage interne est en parfaite harmonie avec tes actions.

Elle soupira pour une deuxième fois, mais cette fois ce fut en guise de soulagement. Le mot « Merci » s'échappa de sa bouche et je le reçus par un hochement de tête. Elle se leva en plongeant son regard dans le mien. Un regard qui signifiait beaucoup.

Chapitre 10

Je ne savais toujours pas comment plusieurs des photos de mes tableaux étaient apparues sur ma page Facebook alors que je n'en avais posté qu'une seule. J'avais parlé à Céline puisqu'elle est la seule à habiter avec moi mais elle m'a juré que ce n'était pas elle qui a commis cet acte. De toutes les façons, je serai folle de douter de sa probité. Mais qui avait donc pu le faire sans mon assentiment ?

Cette interrogation était toujours présente dans mon esprit même si je n'arrivais plus à en vouloir à la personne qui s'était empressée de le faire. Grâce à elle, les gens qui voulaient se procurer de mes tableaux venaient à domicile.

Cette personne qui les avait postés sur mon profil avait pris le soin de mentionner les prix de chaque tableau ainsi que mon adresse. Je recevais tous les jours des messages en privé pour ceux qui voulaient les acheter. Je me déplaçai aussi pour ceux qui voulaient que je dessine un portrait d'eux. Je pouvais avouer sans hésitations que j'aimais tout simplement ce qui était en train de se passer.

Je ne pouvais passer un jour sans qu'on me contacte, ou sans que je dessine le portrait d'une personne. Il n'y a pas plus beau que de vivre de sa passion.

— Vous êtes une très bonne artiste, s'empressa de dire une septuagénaire dont je dessinais le portrait.

Elle resta béate d'admiration devant ce dessin qui reflétait sa personnalité et me serra très fort dans ses bras par la suite. Mon attitude était celle d'une personne très ravie quand je reçus ce genre de compliment.

Elle me rémunéra, et je quittai sa maison le cœur débordant de joie. Puis mon téléphone sonna, c'était Jordan, il me fit comprendre qu'il m'attendait chez moi, ce qui me poussait à hâter les pas.

J'arrivais chez moi, je le vis très souriant devant son Personal computer en train de suivre un concours de plaidoirie. Je souris et il savait que je me moquais de lui. Cela me rappelait les deux fois que j'avais gagné ce concours face à lui en final.

— Ah le beau vieux temps ! dis-je d'un air gavroche.

— Ah ah ah ! Arrête, ça c'était avant que je ne me tourne vers la comptabilité.

— Et qu'est-ce que tu insinues Monsieur ?

— Si j'étais resté en Droit, c'est sûr que je t'écraserai.

— Ça ne sera pas le contraire par hasard ?

— Tu es trop sûr de toi.

— Je sais ce que je suis capable de faire.

— Et je n'en doute pas.

— Tout cela est passé très vite. Je ne m'en remets toujours pas.

— Ce n'est que le début… Tu as une grande aventure à tenter.

— Ça, je n'en doute pas.

— Et la personne qui a publié ces photos sans ton consentement, tu l'as finalement trouvé ?

— Non… Ce n'est pas Céline… Comme c'est étrange… Elle est pourtant la seule à habiter avec moi.

— Mais bon… Tu devrais être quand même reconnaissant envers cette personne, non ?

— Hum… Je me demande bien si ce n'est pas toi cette personne.

— Mais non. Comment ferai-je cela alors que je n'ai même pas les clés de ta chambre ?

— Aucune idée… J'ai un appel d'un client, tu m'accompagnes dehors ?

— Avec grand plaisir.

Nous partîmes à la rencontre de deux clients. Un couple de jeunes mariés qui étaient venus récupérer deux de leurs portraits. Ils étaient très heureux et il ne se s'étaient retenu de me le faire savoir.

Pendant que nous bavardâmes,

Jordan et moi nous rendîmes compte qu'il y avait mon ex-patron qui s'approchait avec une mine plutôt piteuse. Je m'excusai un instant auprès de mes clients pour pouvoir converser avec lui.

— C'est donc ça ton nouveau job ? demanda-t-il en balayant du regard les tableaux placés sur la table positionnée devant Jordan et Céline.

— Comme vous venez de le constater, Monsieur. En quoi puis-je vous aider ?

— Kéma… Je ne veux pas passer par quatre chemins, je veux que tu reviennes.

— Attendez, êtes-vous sérieux là ?

— Je pourrais te payer le triple si tu veux.

— Je n'ai pas besoin de gagner de l'argent avec un boulot que je déteste du plus profond de mon cœur. Vous voyez ces tableaux ? C'est ce que j'aime faire et il est très important de s'épanouir dans ce que l'on fait.

— Tu ne sais pas ce que tu rates.

— Si c'était le cas, je n'allais pas être ici.

— Tu vas le regretter un jour Kéma.

— C'est vous qui regrettez de ne plus m'avoir. Vous savez quoi ? Je n'ai plus de place pour les regrets.

Il lança un coup d'œil à Jordan avant de s'en aller.

— Ah… Demain tu vas l'entendre au boulot, fis-je une grimace à mon ami.

— J'ai l'habitude.

Pendant que je voulais repartir rejoindre les clients qui semblaient s'impatienter de m'attendre, j'aperçus un homme avec un masque, et je le reconnus aussi facilement : C'était Monsieur Urvian B.

— Jordan… Tu dois m'aider.

— Quoi ? Tu as vu le diable en personne ou quoi ? Pourquoi te retournes-tu ?

— Si ce mec s'approche… Ne parle pas de moi… Dis que ces objets t'appartiennent.

— Mais à quoi tu joues là ?

— Fais ce que je te dis… Je t'expliquerai après.

Pendant que je me précipitai à aller rejoindre mes clients, trop tard il nous trouva là en train de jouer à un petit cinéma ridicule.

— Kéma ?

— Ah ! Vous ici ? Je vous croyais toujours en voyage.

— Je suis rentré ce matin. Je voulais vous faire une surprise mais je ne sais pas quel bon vent m'a dirigé ici. Habitez-vous dans les parages ?

— Euh oui oui… Je vous présente Jordan, un bon ami à moi. Jordan, je te présente l'homme au masque.

— Enchanté Monsieur.

— Je le suis également. Ah tiens, qu'ils sont très beaux ces tableaux, dit-il fort distrait.

Il se rapprocha de plus belle et se mit à les contempler.

— Wahou ! Je savais que c'était un bon vent qui m'avait ramené ici. Ils sont incroyables ces tableaux.

— Euh... Je peux admettre que mon cher ami a un sacré talent. N'est-ce pas Jordan ?

— Euh oui oui... Monsieur, j'ai bien d'autres tableaux, si vous avez le temps je peux vous les présenter.

— Ça me ferait énormément plaisir. Vous avez un talent incroyable, Monsieur Jordan.

— Merci Monsieur.

— Non mais je suis très sérieux. Vous méritez que le monde connaisse ce que vous faites. Vous êtes sur les réseaux sociaux ?

— Euh.

— Jordan n'a pas encore créé sa page. Pourtant je lui dis souvent qu'il doit en créer mais tellement qu'il ne m'écoute pas. Je suis sa plus fidèle cliente, m'empressai-je de répondre.

— Pourquoi ne m'avez-vous pas dit que vous connaissez quelqu'un de si talentueux Kéma ?

— J'avais sûrement oublié. Et puis bon... vous payez sûrement vos tableaux aux États-Unis donc je ne trouvais pas d'importance.

— Désormais, je les payerai ici.

— Soyez la bienvenue Monsieur, lança Jordan en clignotant ses yeux.

Il se mit à tripoter ces objets, Jordan me lança en regard qui se traduisit par un « à quoi tu es en train de jouer ? ».

— Est-ce que je peux tous les payer ? Enfin, je parle de tous ces tableaux qui se trouvent sur la table ?

— Euh... Bien sûr Monsieur. Dans ce cas, la livraison vous sera faite à domicile, souligna mon ami.

— Parfait. Kéma vous donnera mon adresse. Écrivez-moi aussi un mail pour me préciser le prix de chaque objet et le montant total.

— Avec plaisir.

— Je vous remercie d'avance.

Comme la peau de l'acteur lui sied si bien, il se dispersa et nous laissa

— Désolé d'avoir pris tous les objets, peut être que vous devriez en prendre quelques-uns.

— Oh non... Ne vous inquiétez pas.

— Je peux toujours vous offrir quelques un.

— Oh ne vous embêtez pas. De toutes les façons, il y en a plusieurs.

— Il a un incroyable talent ce mec... Je me demande bien pourquoi le monde ne le connaît pas.

— Ça viendra sûrement un jour.

— Et vous votre rêve de devenir artiste peintre ? Vous ne m'avez jamais montré vos tableaux.

— Je ne suis pas encore prête à montrer cela à une personne.

— Je ne vous en veux pas. J'attendrai.

— Ça s'est bien passé aux États-Unis ?

— C'était fabuleux. Je n'ai plus aucun doute, c'est elle la femme de ma vie. Le mariage aura lieu dans quelques mois.

— Je suis tellement heureuse pour vous.

— Ça fait bizarre que nous ayons cette conversation debout. Vous m'avez dit que vous habitez dans les parages... On peut aller s'asseoir chez vous. Comme ça je saurais aussi là vous habitez.

— Euh... C'est pas aussi proche de là où nous sommes.

— Il faudrait bien utiliser vos mots alors.

— Ah ah ah. Elle était meilleure celle-là.

— Vous m'avez beaucoup manqué. J'ai parlé de vous à ma future femme.

— Ah oui ? Qu'a-t-elle donc dit ?

— Je l'ai fait une fois mais elle n'a pas trop apprécié il me semble. Je lui ai dit que j'ai rencontré une jeune fille que j'aimerai adopter volontiers. Et vous savez ce qu'elle m'a répondu ?

— Dites-moi.

— J'ai déjà dépassé l'âge de la ménopause. C'est une manière à toi de te moquer de moi.

— Quel âge a-t-elle ?

— 50 ans.

— Ma mère doit avoir 50 ans également.

— Ah ouais ? De toutes les façons, vous n'avez jamais voulu parler d'elle. Ni encore moins de ce qui s'était passé avec votre père. Vous m'avez toujours dit que vous ne voulez pas en parler.

— Effectivement. Mais tôt ou tard, je finirai par en parler.

— Je ne veux pas vous brusquer, prenez tout votre temps.

— Alors êtes-vous ici pour combien de temps ?

— Pour pas longtemps… Je m'en vais bientôt.

— Pour revenir quand ?

— Je regrette mais je pars pour des années. Ça faisait six ans que je n'étais pas revenu chez moi.

— C'est bien dommage.

— J'ai fait mon devoir, celui de vous ramener à la raison. Je vous sens plus heureux et j'en suis fier. Et votre patron vous traite toujours aussi bien ?

— Tout va bien. J'ai pris de très bonnes résolutions.

— C'est bizarre mais je croyais que le destin nous liait pour des choses plus grandioses.

— Me ramener à la raison à cause de vos belles paroles, ne croyez-vous pas que c'est grandiose ?

— Si si... Mais je ne sais pas... Ce fut un peu trop bizarre notre histoire, ne trouvez-vous pas ?

— Oui mais grâce à vous j'ai appris beaucoup de choses et je vous en remercie.

— Grâce à vous, j'ai enfin demandé celle que j'aime en mariage. Sans vous, je serai sûrement passé à côté.

— Je suis fière d'avoir conseillé un coach en développement personnel.

— Les coaches en développement personnel conseillent bien mais ils ont également besoin des conseils. Je ne regrette pas d'avoir passé mon temps dans votre ruelle parce que je réfléchissais si j'allais demander sa main ou pas. C'est de là que cette histoire a commencé.

— Vous allez me faire pleurer. Ce n'est pas encore le moment de se dire au revoir.

— Je sais. Sachez juste que j'aurai aimé avoir une fille comme vous.

— Oubliez le lien du sang. Je suis votre fille.

Il me prit dans ses bras avant de me laisser rejoindre Jordan qui avait les yeux exorbités.

— Les clients viennent de partir. Quel manque de professionnalisme !

— Je suis désolée Jordan. Merci pour le soutien de tout à l'heure.

— Qui est cet homme mystérieux ?

Je souris.

— Je peux savoir ce qui est drôle dans ce que j'ai dit ?

— Juste que c'est comme ça que je l'appelais.

— Et maintenant, tu l'appelles par l'homme au masque, c'est ça ?

— Hey détends-toi.

— Et puis il a l'air d'être quelqu'un de friqué. Il a payé pour tous ces tableaux.

— Eh oui, il a des poches pleines ce Monsieur.

— Mais qui est cet homme ?

— Je vais te le dire. C'est Urvian B.

— Arrête de plaisanter. Remarque que je suis assez sérieux là.

— Je suis sérieuse également.

— Ké-ma ?

— Que veux-tu que je te dise d'autre ? C'est l'entière vérité.

— J'hallucine. Depuis quand tu le connais ?

— C'est une longue histoire.

— Mais accouche là.

— Il se promène avec un masque parce qu'il ne veut pas qu'on le reconnaisse dans la rue. Il veut marcher tranquille comme tout le monde. Et moi je l'ai su il n'y a pas longtemps. Et nous nous fréquentons.

— Attends. Donc tu côtoies une célébrité et moi je ne suis pas au courant ?

— J'allais te le présenter tôt ou tard

— Zut ! J'ai manqué l'occasion de me prendre en photo avec lui.

— N'oublie pas que tout à l'heure tu iras effectuer une livraison à domicile.

— Ah oui j'oubliais… En tout cas c'est grâce à toi.

— C'est quand même moi.

— Et voilà qu'elle se prend la grosse tête. Et le cinéma de tout à l'heure, c'était quoi au juste ?

— En fait… Nous nous entendons très bien. Il me fait part de tous ses secrets mais moi je reste un peu réticente. Je lui avais dit que je suis juriste mais que je détestais ce boulot parce que je voulais être architecte et peintre. Mais je ne lui ai jamais dit que j'avais démissionné, par conséquent je lui ai dit quand mon patron me traitait bien. Il était au courant et il croit que ça continue jusqu'à présent. Je ne lui ai jamais parlé de mon histoire avec mon père et ma mère, mais je finirai par lui en parler.

— Pourquoi toutes ces cachotteries ? Ne le fais-tu pas confiance ?

— Si si, beaucoup. Mais si je lui dis que j'ai démissionné de mon poste, il sera sûrement fier de moi car il estimerait que j'ai enfin compris qu'il fallait que je le fasse. Mais je n'ai pas besoin qu'il pense qu'après ça j'aurai besoin sûrement d'argent et je sais qu'il fera quelque chose pour. Et moi ça m'empêchera de me battre. Et puis lui dire que je peins enfin, c'est avoir peur qu'il apprécie mes tableaux juste parce que c'est moi. Pour mes parents, je lui en parlerai avant qu'il ne parte.

— Je vois. Mais tu n'as pas besoin de la confirmation de quelqu'un pour savoir que tu es très talentueuse.

— Je le sais. C'est bizarre, je ne sais pas pourquoi son avis à lui compte énormément.

— Et le mien alors ?

— Pffff… Ah ah ah.

— Tête de mule. T'inquiète pas, tu vas me le payer.

— Son avis compte énormément mais ça ne m'empêchera pas d'évoluer. Je sais que j'aime ce que je fais et je sais que c'est celle-là ma place.

— Heureusement que tu viens de le rectifier.

— Merci pour ton soutien Jordan. Merci d'être là.

— Les amis c'est fait pour ça ma poule. Allez trêve de bavardage. Aide-moi plutôt à faire l'addition de tous ces tableaux.

Chapitre 11

8 h pétante, mon téléphone sonna, pas trop envie d'interrompre mon sommeil. Je vus le nom s'afficher sur mon téléphone : c'était Monsieur Urvian B. Il n'avait pas pour habitude d'appeler à cette heure. Que se passait-il ? J'espérais juste que ce n'était pas pour me dire qu'il partait beaucoup plus tôt que prévu, surtout pas en ce jour-là.

— Kéma ?

— C'est bien elle au bout du fil. Que me vaut l'honneur de cet appel si matinal ?

— Je ne vous dérange pas j'espère ?

— Bien sûr que si. Figurez-vous que j'étais en train de rêver là.

— Ah… Je vous ai donc réveillé pour que vous puissiez réaliser ce rêve. Ne me remerciez pas, c'est gratuit.

— Vous êtes drôle. Allez, je vous écoute Monsieur le coach.

— C'est à propos de Jordan.

— Oui ?

— J'ai son adresse mail mais je n'ai pas son numéro de téléphone. Je lui ai écrit il y a un jour de cela mais il ne répond pas.

— Je vous envoie son numéro tout de suite

— Parfait, dites-lui que c'est urgent.

— À ce point ?

— Oui. J'ai des amis à moi aux états unis qui ont aimé les tableaux et ils aimeraient passer des commandes.

— Sérieux ?

— Il y a plusieurs demandes en vue... Je me demande bien comment il va s'organiser.

— Je passe le message tout de suite.

— Je vous remercie. C'est urgent. J'insiste.

Puis il raccrocha que je n'arrivai toujours pas à réaliser ce qui était en train de se passer. J'appelai Jordan mais il me fit comprendre qu'il était occupé au cabinet et que je devais le rappeler plus tard.

Deux heures après, il me contacta et je lui fis rapidement part de ce qui se passait. Il semblait être un peu plus excité que moi.

Le boulot me réclamait et je prenais de plus en plus plaisir. Je m'étais alors enfermée dans ma chambre pour pouvoir peindre et répondre à toutes ces demandes.

Un mois plus tard, le sourire toujours accroché aux lèvres, j'avouais être très fière du parcours réalisé jusque-là. J'étais en compagnie de mon ami Jordan dans un grand restaurant que le coach nous avait invité car il nous avait fait comprendre qu'il avait une grande nouvelle à nous annoncer.

— Il est très bon ce champagne, dit-il en rapprochant son verre vers moi pour qu'on puisse trinquer.

— Oui, j'avoue. On trinque à l'honneur de quoi déjà ?

— Du succès...

— Est-ce que tu as une idée de quoi est-ce qu'il pourrait bien nous annoncer ?

— Aucune idée. Prépare-toi juste à recevoir la nouvelle.

— Le voilà qui arrive. Surveille bien tes mots.

— Oh mais il reconnaît déjà son talent. Pourquoi te caches-tu encore ?

— Chuuuttt !

Il se rapprocha et s'assit en rapprochant son siège à celui de Jordan. Nous constatâmes les yeux des gens rivés sur nous, il n'avait pas son masque.

— Je m'excuse pour le retard.

— Oh pas de problème. Mon amie Kéma et moi, nous vous excusons.

— Bien... J'espère que votre amie gardera la bouche cousue jusqu'à la fin. Parce que cette nouvelle ne lui concerne pas.

— Ne vous gênez surtout pas hein. Je resterai muette.

— Mais ne vous inquiétez pas Kéma. Je vous ai fait venir ici parce que je sais que vous êtes de très bons amis et il m'a fait savoir que ça ne vous dérangerait pas d'être là. Même si c'est lui qui a eu cette idée que vous soyez là.

— AH... Jordan ne m'a pas dit que c'était son souhait que je puisse être là.

Jordan me lança un regard moqueur. Je venais de comprendre que c'était une idée de lui. Je fis alors semblant de river mes yeux sur le menu en les laissant librement s'exprimer.

— Ça me fait bizarre d'être en face de vous. Je me croirais dans un rêve.

— Ça ne devrait pas l'être. Je suis une personne comme vous Jordan.

— Je vous comprends, vous n'êtes pas à ma place.

— Soyez naturel. Bref... Il y a quelque temps que j'ai découvert votre talent et je vous répète une énième fois que vous me laissez sans voix. Mes collègues ont beaucoup apprécié les tableaux et ils n'aimeraient pas que ça s'arrête là.

— Ah bon ?

— Oui... Écoutez, vous avez besoin que le monde sache qui vous êtes.

— Il y a déjà assez de gens qui me connaissent Monsieur. Vous ne trouvez pas cela suffisant ?

— Non... Voilà pourquoi deux de mes bons amis et moi voulons vous voir aux états unis afin que vous continuiez à vivre votre talent.

Mon verre voulait s'échapper de ma main que je le retins discrètement. Je sentais Jordan me fusiller du regard.

— Euh... bafouilla-t-il.

— C'est moi qui prends tout en charge. J'ai juste besoin de votre assentiment.

— Ça semble être un peu trop facile, vous ne trouvez pas ?

— Je vois... Mais j'aimerais savoir au moins pourquoi vous hésitez ?

— C'est que... Enfin... Je ne m'attendais pas à ça.

— Je vois... À moins que vous me disiez que vous voulez signer un certain contrat.

— Il le faudra peut-être.

— Écoutez Jordan. Ce que je suis en train de faire là s'appelle de l'altruisme. Je ne tirerai aucun pourcentage sur ce que vous allez gagner. Je ne veux juste pas qu'un tel talent reste dans l'ombre, voilà pourquoi je veux que vous partiez avec moi aux états unis.

Je sentis son hésitation mais je m'efforçai de ne pas intervenir.

— D'accord Monsieur. Je viens avec vous.

— Parfait. Tu ne sais pas comment ça me fait plaisir.

— Et vous partez quand ?

— Je vous le ferai savoir.

Jordan soupira et appela mon prénom.

— Comme j'ai été sage. Vous avez besoin de moi peut-être ?

— Non, non, s'insurgea l'altruiste. On pouvait peut-être avoir besoin de vous au moment qu'on a effleuré le sujet de la signature du contrat. Quel genre de juriste êtes-vous ? Juste le mot contrat devrait vous faire réagir.

— Je me suis peut-être trompée de vocation.

— Je n'en doute pas. Allez les jeunes, je dois vous laisser. On garde le contact. Jordan, n'oublie pas de m'envoyer le reste des tableaux.

— Je ne manquerai pas Monsieur.

Il nous laissa avec un sourire qui dévorait nos lèvres. Jordan et moi le regardons marcher difficilement parce que les gens ne cessaient de l'arrêter pour pouvoir se prendre en photo avec lui.

Jordan acclama et m'interrogea par son regard.

— Ne compte pas sur moi pour épiloguer sur le sujet, dis-je sous un air ultra défensif.

— J'aime bien les piques que vous vous lancez.

— Moi aussi.

— Bon, passons aux choses sérieuses là.

— J'ai peur. Je… Je suis très émue.

— Tu vois. Tu vas partir aux USA.

— Elle était ta décision et non la mienne.

— Je t'ordonne de partir avec lui

— On dirait mon père quand il m'avait ordonné de faire les études de droit.

— C'était pour quelque chose que tu n'aimais pas. Ce cas est bien différent Kéma.

— Si je voulais aller aux USA, j'allais le faire depuis longtemps, ce n'est pas les moyens qui me manquaient.

— Comme tu peux être arrogante et cabocharde des fois. Tu sais très bien que le patron n'allait te donner aucun congé et que tu n'avais pas assez de cran pour démissionner. Et puis, le mec est une célébrité et il a beaucoup de contact ma belle. Est-ce que tu réalises en fin de compte cette grande opportunité ?

— Oui, tu as raison. Je ne savais pas que les portes pouvaient s'ouvrir à moi de cette façon.

— On ne le sait pas jusqu'à ce qu'on essaye.

— Je vais aussi lui dire que c'est moi qui suis l'auteur de ces œuvres.

— Bah voilà… Bon écoute, il faut qu'on aille chez toi pour que tu me montres où se trouve le reste de tes tableaux. Je vais les lui livrer dans quelques heures.

— Tu es bien engagé toi.

— Qu'est-ce que je ne ferai pas pour toi ?

— Tu sais quoi ? Voilà mes clés, tu trouveras le reste des tableaux dans l'armoire rouge que j'ai laissé ouvert. Je dois me voir avec certains clients.

— Hey, tu te prends pour une boss maintenant ? Redescends sur terre là.

— S'il te plaît. Et je te promets que ça sera le dernier service concernant mon histoire de tableaux.

— Je préparerai une facture pour tout ce que tu me fais faire, tu ne t'en sortiras pas comme ça.

— Tout à l'heure, tu as dit « qu'est-ce que tu ne feras pas pour moi ? » Bah fais tout pour moi alors.

— Folle que tu es. Bon, on s'appelle.

— Bye ! Merci hein.

Entre quelques petits rendez-vous et quelques sourires partagés avec ces clients en cette journée, je pouvais réaliser à quel point mon cœur n'était victime d'aucune peine, d'aucune amertume, d'aucun regret. Il était tout douillet, attendrissant, occasionnant des battements de cœur qui a quelque chose à avoir avec le bonheur. Le cœur ne demande pas grande chose, il veut juste que ce que nous disons et faisons ne soit pas en contradiction avec lui.

8 h du soir, ce même cœur n'était pas à l'aise. Il culpabilisait, il maugréait, on dirait même qu'il voulait aboyer. Il me rendait coupable, oui coupable de ne pas parler avec le coach ce soir pour lui avouer tout ce que je ne lui avais pas dit. Je pouvais attendre demain, mais cette idée ne semblait pas être la bienvenue dans ma tête. Ça me rongeait, mais pourquoi devrais-je attendre demain ?

J'enfilais une robe, attachais mes cheveux au niveau de ma nuque, m'aspergeais de parfum Jean Paul Gaultier Ultra mal, je me décidais enfin de me rendre chez lui à cette heure-là.

Lumière tamisée, son salon régnait dans un silence effroyable.

J'étais assise, un peu lasse de l'attendre mais bon… J'étais venue d'une manière inopinée et je me devais de l'attendre.

Il s'avança enfin, vêtu d'un basin en satin, cheveux bien peignés, babouche en cuir. Sa mine était moins gaie. Mon regard se confronta au sien, je voulus me gausser de lui qui n'aime pas être vêtu en basin mais il semblait faire la tête et se contenta de s'asseoir.

— Je peux savoir ce que vous avez ?

— Je ne suis pas juste d'humeur. Il fallait au moins me prévenir que vous venez.

— Je n'avais plus pour habitude. Je venais inopinément et j'avais la chance de vous trouver.

— Ah ouais… Un peu comme chez vous quoi ?

— C'est ce que vous m'avez toujours répété. Pourquoi le dites-vous ?

— Moi au moins je vous considère comme un membre de ma famille. Contrairement à vous qui me prenez toujours pour un inconnu.

— Mais qu'est-ce que vous racontez ? Qu'est-ce qui se passe ?

Il se leva, fit un tour dans sa chambre et revint avec trois tableaux qu'il me montra. Je reconnus mon erreur, j'avais omis de les enlever de mon armoire.

— Pouvez-vous me dire à qui appartiennent ces yeux avec des lentilles ? Et qui est cet homme affublé d'un chapeau de couleur noire bleutée dans la ruelle qu'on s'est vu pour la première fois ?

— Je vais tout vous expliquer.

— Vous n'avez rien à expliquer du moment que je sais que ces tableaux n'appartiennent pas à votre ami mais plutôt à vous.

— Ne vous mettez pas dans cet état. Je suis venue ce soir pour vous l'avouer.

— Après m'avoir menti ? Ça vous coûtait quoi de me dire que c'était vous ?

Je gardai mon silence.

— Je déteste qu'on ne me rende pas la monnaie de ma pièce. Je vous fais énormément confiance au point de vous raconter l'essentiel sur ma vie. Et vous voilà ce que vous me donnez en retour.

— Je ne voulais pas que vous appréciiez mon talent juste parce que c'était moi.

— Et ça allait changer quoi ? Quand tu sais que tu es talentueux, tu l'es réellement, peu importe ce que les gens diront.

— Je le sais.

— Vous m'avez vraiment pris pour un con.

— Non mais comment pouvez-vous dire ça ? En aucun cas.

— Je ne sais toujours pas ce qui vous effraie. Est-ce briller de mille feux qui vous effraye autant ?

— Mais noon.

— Si… Vous êtes englué dans une vie ou vous vous dites que la lumière qui éblouit les yeux c'est pour les autres et pas pour moi. Je fais et je sais que je resterais dans l'à peu près.

— Vous n'êtes pas dans ma tête pour savoir ce que je pense.

— Croyez-moi que j'étais allé faire une réservation pour demain après-midi quand j'ai reçu votre appel. Je partais demain sans votre appel.

— Partir ? Sans me faire signe ?

— À quoi bon ? J'ai annoncé à votre ami que je partais avec lui devant vous et ça ne vous a pas fait réagir. Si je savais que vous avez ce talent fou. Je ferai tout pour vous faire connaître du grand public. Mais vous avez préféré me mentir. Je déteste les gens qui ne veulent pas saisir les opportunités.

— Ce n'était que pour un petit moment de cachotteries. Vous n'avez pas besoin de vous enflammer comme vous le faites. Je comprends que j'ai mal agi et je m'en excuse.

— Et qu'est-ce que je ne sais pas d'autres de vous ?

— J'avais démissionné de mon boulot et je me suis consacrée à la peinture. Je suis en même temps étudiante en architecture.

— Kéma, vous ne savez pas comme je me sens inconnu à votre égard présentement. Et c'est quoi la raison que vous m'avancez de m'avoir caché ça aussi ?

— Je sais que vous devrez faire quelque chose pour moi, et ça allait m'empêcher de me battre. J'ai pris goût à la bataille.

— Vous savez quoi ? Ne négociez pas avec moi, Je partirai avec vous aux États-Unis. Vous allez vous faire une place là-bas et continuer vos études en architecture.

— De toutes les façons, Jordan vous a déjà donné la bonne réponse.

— Ce Jordan ferait un bon acteur.

— Oui, j'avoue.

— Il est temps pour vous d'aller à la rencontre de votre destinée. Il est temps pour vous de briller de mille feux.

Chapitre 12

Je prenais mon petit déjeuner avec Céline quand mon téléphone sonna. Numéro inconnu, je ne m'étais pas empressée de répondre. Nous étions en pleine conversation, elle me remerciait d'être là pour elle, et appréciait surtout ce sourire qui creusait mes lèvres de jour en jour.

Le numéro insista, c'était sûrement un de mes clients, j'allais le rappeler plus tard. Céline s'insurgea et me demanda de répondre, je voulus insister mais elle se déplaça discrètement.

Appareille à l'oreille, c'était la voix virile d'un homme, je ne le reconnus pas. Ses mots résonnent encore dans ma tête…

Il se présenta comme un des présentateurs de télévision. Il est l'un des présentateurs de la chaîne la plus huppée du pays. Je ne croyais pas sur le champ, peut-être que j'étais toujours en train de rêver. Entre balbutiement et étonnement, j'acceptais avec plaisir son invitation pour une émission télé.

C'était le grand jour et je m'efforçais de mettre du temps devant le miroir. Cheveux ébouriffés, je ne m'étais toujours pas décidé sur la coiffure à porter. J'étais réticente entre l'idée de porter un chignon affaissé ou de laisser mes cheveux bien peigné et lâché. J'étais convaincue de lâcher mes cheveux, comme ça mes cheveux s'envoleront comme dans les films pendant l'interview. Mais non, j'étais stupide, il n'y aurait sûrement pas de ventilo dans la pièce, nous étions pendant la saison sèche et il faisait frais. J'optais alors pour un chignon. Je me débrouillais de faire un beau chignon.

Je jetais un dernier coup devant le miroir, j'admirais cette belle femme. Celle qui n'a plus peur de rien, celle qui se bat tous les jours pour être meilleure qu'hier. Je regardais intensément mon reflet, et je me dis à moi-même : nous y sommes.

Présentateur : « Mesdames et Messieurs, chers téléspectateurs, bonjour ! Grande est notre joie de vous savoir fidèle à notre chaîne et surtout fidèle à cette émission qui accueille des personnes dotées de grands talents. Et aujourd'hui, nous avons l'immense plaisir d'avoir en face de nous une jeune demoiselle au prénom de Kéma, celle qui fait parler d'elle par ses œuvres d'art. Bonjour Kéma. Nous sommes très heureux de vous savoir parmi nous et nous vous souhaitons la bienvenue. »

Moi : « Bonjour Monsieur ! Tout le plaisir est mien. Je suis également heureuse de me savoir ici sur ce plateau. »

— Alors comment vous sentez vous ?

— Agréablement surprise d'être invitée par vous. Donc je ne peux que me sentir bien.

— Bien. Alors pouvez-vous vous présenter pour nos téléspectateurs ?

— Je m'appelle Kéma et je suis artiste peintre.

— Alors, dites-nous, où vous est venue l'idée de peindre ?

— Je n'ai aucun souvenir concret. C'est un besoin qui s'est déclenché dès mon très jeune âge.

— Il y en a d'autres qui peignent pour se consoler d'une douleur quelconque. Est-ce le cas pour vous ? En avez-vous ressenti le besoin à cet âge ?

— Non, pas du tout. Au début, je le faisais parce que j'aimais bien. C'est bien après des années que les couleurs choisies pour peindre enjolivaient en quelque sorte ma vie.

— Qu'est-ce qui s'est passé pour que la peinture devienne votre consolation ?

— Des évènements se sont enchaînés dans ma vie et la peinture était et a toujours été là.

— Est-ce que vous avez rêvé un jour de devenir peintre ?

— Je voulais le devenir mais j'avais fort malheureusement pris un autre chemin. C'est alors que je suis partie en fac de Droit après l'obtention de mon bac puis je suis devenue juriste d'entreprise.

— Êtes-vous toujours juriste ?

— J'avais fini par démissionner.

— Wahou ! Il faut beaucoup de courage pour faire ce que vous avez fait.

— J'ai appris qu'on ne pouvait rien faire sans courage.

— Et aujourd'hui, on parle de vous comme étant la nouvelle étoile. Quel sentiment que cela vous procure ?

— Un sentiment qui a quelque chose à avoir avec le bonheur. J'aime énormément ce que je fais et cela me rend heureuse.

— Est-ce que vous réalisez ce que vous transmettez aux gens à travers vos œuvres ?

— J'avoue que suis étonnée quand quelqu'un s'émerveille devant mes œuvres.

— Je l'étais moi aussi, je l'avoue. Enfin, je le suis encore. Merci de nous émerveiller tout simplement.

— Merci de faire partie de ceux-là qui me donnent la force et le courage de continuer.

— Que direz-vous à une personne qui aimerait devenir artiste peintre ?

— Une personne très chère à ma vie m'a dit un jour : « Si tu sais que tu as du talent, tu l'as sûrement. » C'est à ce moment-là que l'avis de l'autre ne compte pas. Alors, fonce.

— Un mot de la fin ?

— La graine que vous trimbalez dans votre main depuis des années risque de pourrir. Alors, plantez-la quelque part pour qu'elle germe. L'humanité pourra se nourrir d'elle.

— Merci de nous accorder quelques minutes de votre temps. Ce fut un immense plaisir je le rappelle, de partager de votre passion avec nous. Nous espérons vous revoir très prochainement.

— Ça me ferait énormément plaisir. Je vous remercie.

L'interview se terminait en beauté, le sourire ne me quittait pas. Le présentateur et moi quittons le plateau. Il m'invita par la suite à grignoter des croquettes dans les coulisses, volontiers je me joignis à ses collègues. Nous bavardâmes un petit peu et à la fin il me demanda un autographe, chose qui me mit hors de moi.

Je quittais ce lieu le cœur léger, j'étais en train de vivre pleinement mon rêve.

Je m'arrêtais devant un restaurant pour manger, mon ventre gargouillait de fin. Je descendis de ma voiture, je vis une librairie qui se trouvait juste en face de ce restaurant. Une image attira mon attention à travers la vitre, c'était la mienne. Je décidais de rentrer, la caissière me sourit, je lui rendis son sourire. Je contemplais mon image sur un magazine avec pour titre à côté : « Une artiste peintre est née ». Mon cœur voulait fondre mais je me retins sous le regard insistant de la caissière. Je décidais de ne pas ouvrir le magazine aussitôt, il y avait un livre à ma gauche qui attirait mon attention également. Le prénom de l'auteur me disait quelque chose, c'était Elykia, la fille d'autrefois. J'ouvris le roman, il s'intitulait femme flamme. Il était écrit à la première page :

À mes parents, mes deux êtres les plus chers au monde.

À ma petite sœur Kipiala, celle que j'aime de tout mon cœur

À Kéma qui m'a dit un jour « ce n'est pas parce qu'ils doutent de la fertilité de la terre de votre jardin que vous deviez cesser de l'arroser ».

Un sentiment d'émerveillement irradiait tout mon corps. Je sentais le regard de la caissière toujours rivé sur moi. Elle s'approchait un peu hésitante et me demandait gentiment une photo avec elle.

Quelques heures plus tard après m'être empiffré de poissons braisés et de bananes frites dans le restaurant qui se trouvait juste à côté de la bibliothèque, j'appelais mon père pour lui faire savoir que je voulais le voir. Il me semblait être dans un endroit brillant et me dit de passer le lendemain.

Le lendemain, sa femme me reçut pendant qu'il prenait sa douche. Nous discutâmes de tout et de rien. Elle disait être fière de moi et me faisait savoir par la même occasion qu'elle faisait partie des abonnés sur ma page. Je souris, je lui fis savoir que ça me faisait plaisir. Nous regardâmes la rediffusion de l'interview de tout à l'heure où j'étais l'invité, le sourire ne me quitta pas.

Mon père vint nous rejoindre en jetant une œillade coquette à sa femme avant de déposer un bécot sur ma tendre joue. Il s'assit et fut étonné de voir sa fille passée à la télé.

— Je ne savais pas que cette histoire était sérieuse à ce point, ne manqua-t-il de souligner.

— Eh oui… C'est moi qui passe à la télé papa.

— Beh dit donc… La vie est pleine de surprise.

— En plus, elle se débrouille bien à la télé, me complimenta sa femme.

— Oh pas de commentaires Libelia, rétorqua-t-il en feignant son sentiment de joie.

Mon regard ne quitta pas celui de mon père.

— J'aurais dû dire que c'est toi qui m'as imposé de faire le Droit papa.

— Ah ah ah. Tu n'oserais pas dire ça de ton père.

— Bah c'est la vérité. Non t'inquiètes, c'est de l'histoire ancienne.

— Tu as passé cinq ans dans une grande entreprise en tant que juriste et personne n'avait songé à t'inviter sur un plateau télé.

— Ouais, c'est bizarre.

— Peut-être que tu peins mieux que tu conseilles.

Il eut un air sérieux, je ne savais pas s'il plaisantait ou pas. Nous suivîmes ensemble mes derniers mots de l'émission. Puis je leur annonçais la nouvelle d'une manière prompte.

— Je vais aux états unis dans deux jours. C'est là-bas que j'ai décidé de continuer ma carrière.

Madame Libelia regarda son mari qui semblait être perdu par ces mots. Il s'étira et caressa ma main.

— Je ne vais pas t'empêcher une fois de plus de réaliser tes rêves. Tu as toute ma bénédiction ma fille.

Le regard de sa femme se confronta au mien. Je savais qu'elle avait envie de me serrer fort dans ses bras mais cette envie n'était pas partagée. Elle s'avança quand même de nous pour accomplir cet acte.

Sous le regard admirateur de mon père, il dit enfin la phrase que je voulais réécouter :

— Tu es un modèle à suivre ma fille. Je suis si très fier de toi.

Demain sera le début d'une nouvelle histoire, demain sera le scénario d'un nouveau film. Je ne pouvais m'empêcher de dire cette phrase et d'imaginer ma vie aux États-Unis dans cette ville de New York. Je ne pouvais m'empêcher aussi de m'imaginer parler anglais en longueur de journée, moi qui aime si tant cette langue. Oh ! comme la vie était belle ! Oh comme j'aimerais que le jour se lève. Chaque jour qui passait était une opportunité pour moi d'aimer encore plus ce que je faisais. Je me sentais comme une plante, je croissais de jour en jour et c'est ce qui était intéressant. Qui aurait cru qu'un jour je me réveillerai en aimant tant le parfum du jour ? Qui aurait cru que mon cœur baignera dans une eau appelée joie ? Pas moi, je n'aurai pas rêvé mieux.

Tout ce temps qu'on passe à compter sur le temps pour guérir est une grande perte de temps. Le temps s'en fout de nos blessures abyssales, il se moque de nos larmes qui remplissent tout le temps nos visages, il se moque même qu'on puisse compter sur lui tout court. Il ne fera rien si nous ne levons pas le petit doigt, il ne fera rien si on ne fait pas un travail sur nous.

Qu'attendre donc de lui ? Lui qui passe si vite quand nous aimons, détestons, souffrons. Qu'attendre de lui si ce n'est pas de le saisir chaque seconde, chaque minute, chaque heure qui passe ?

Il était 10 h du matin, et je n'avais pas de temps à perdre. Il fallait que je profite de ce beau temps.

Je me pomponnais, je souriais devant le miroir. Mon teint basané était encore plus frais, mes pommettes se dessinaient, mon regard revolver se faisait ressentir. J'étais vêtue d'une robe de page super wax qui me donnait une mine beaucoup plus gaie. J'aimais la femme que je voyais dans le miroir, j'aimais la vie que je menais.

Pendant que je baissais ma tête pour me nettoyer les mains dans la douche, je ne savais pas par quel procédé elle apparut derrière moi.

— Mwinda ? m'écriais-je avant de lui séré fort dans mes bras.

— Cette fois-ci, ça n'a pas été dur avec Céline, elle était très heureuse que je puisse te faire une surprise.

Je ne dis mot. Je constatai qu'elle avait perdu énormément de poids.

— Hey. Ne me regarde pas ainsi. Dis-moi juste que tu es heureuse de me voir.

— Je le suis plus que tu ne peux l'imaginer.

— Tu es ravissante et surtout heureuse. Ça saute aux yeux.

Je souris et je la ramenais vers mon lit. Elle avait l'air contente de me voir heureuse. Je me décidais de lui raconter tout ce qui s'était passé à son absence. À la fin, elle me fit savoir qu'elle savait que j'étais devenue quelqu'un dont la notoriété était naissante.

Elle me caressa le menton de sa main chaude en m'avouant qu'elle était fière de moi. Je n'hésitais pas à lui remercier une fois de plus de ce qu'elle avait fait pour moi avant qu'elle ne parte.

J'évitais de parler de sa maladie, ça me ferait encore plus souffrir. Elle était très fatiguée et j'étais très mal à l'aise de la voir ainsi.

Je lui dis de m'accompagner dire au revoir à Jordan, elle fut réticente.

— Bah je ne veux pas gâcher un au revoir si compliqué.

— Je sais où tu veux en venir mais tu te trompes ma belle.

— Je n'ai rien dit de grave jusque-là. Amusez-vous bien les jeunes.

— Je dormirai chez Monsieur Urvian aujourd'hui. Tu pourras passer si tu veux.

— Ne me dis pas que c'est chez lui qu'on va se dire au revoir ?

— Tu parles d'au revoir alors qu'on se verra tout le temps. Je ferai des tours au Canada pour toi.

Elle soupira et m'avoua enfin.

— Il ne me reste plus assez de temps à vivre Kéma. J'ai décidé que cela soit ainsi. Demain, ça pourrait être trop tard.

Mon cœur était lourd, je m'effondrais alors dans mon lit. Je n'avais pas assez de courage pour lui demander combien de temps il lui restait à vivre.

Elle m'aida à me lever et souris en disant :

— Ne te mets pas dans cet état. C'est la vie.

— Je veux te voir près de moi jusqu'à ton dernier souffle.

— Tu ne sais pas ce que tu dis Kéma.

— Quand je pense que tu m'as caché cela. Peux-tu me dire au moins pourquoi ?

— Parce que tu avais raison. Dire que l'on connaît tout de sa ou de son meilleur ami est un abus de langage.

— C'est bien triste tout ça. Et moi qui voulais juste être près de toi dans ces moments les plus sombres de ta vie.

Mes paroles semblaient être insignifiantes à son égard, je la trouvais tout d'un coup superficielle. C'est comme si elle s'efforçait de jouer un rôle.

— Es-tu heureuse ?

La promptitude de sa question me désarçonna, je me contentais quand même de répondre.

— Je le suis. Je suis en train de vivre mes rêves.

— C'est bien.

Sa riposte était froide et j'hésitais à beaucoup creuser.

Jordan m'envoya un message pour me demander où j'étais.

— Désolé ma belle, il faut que je file. Je t'appellerai dans cinq heures.

— Je compte t'inviter quelque part

— Sympa. Et où ça ?

— Je t'enverrai l'adresse par message. J'aimerais vraiment célébrer cette réussite que tu vis.

— Ça me ferait énormément plaisir.

Je pris sa main droite et nous sortîmes toutes les deux sous le regard admirateur de Céline.

— Je peux enfin avouer que vous êtes heureuse madame, disait-elle avec un sourire qui ne lui quitta pas.

Mwinda et moi nous séparons à la sortie. Je partis rejoindre Jordan qui eut la mine moins décontractée. Nous petit déjeunons ensemble mais il ne dit grands mots.

— Ne me dis pas que tu vas jouer au taciturne jusqu'à ce que je te dise au revoir.

Il persista dans son silence

— Mon cher. Je m'ennuie là. Tu peux me dire ce que tu as ?

— À ton avis ?

— Oh tu ne veux pas que je parte, c'est trop mignon ça !

— Ça semble t'amuser on dirait ?

— Je reviendrai de temps en temps, t'as pas besoin de t'inquiéter pour ça.

— Tu vas énormément me manquer, c'est ce que je veux que tu saches depuis tout à l'heure.

— Toi également cher ami.

— Je suis très heureux que tu puisses vivre tes rêves. Je ne t'ai jamais vue aussi heureuse comme ces derniers temps.

— Merci d'avoir déposé ma lettre de démission pour moi. Merci de m'avoir aidé dans mon métier d'artiste peintre. Merci d'être l'ami formidable que tu es.

— C'est avec grand plaisir.

— Surtout merci d'avoir publié les autres photos sur ma page sans mon consentement.

— Comment l'as-tu su ?

— Je m'étais rappelée que ce jour je t'avais laissé chez moi.

— Waouh... T'as tellement confiance en Céline. Oui, je l'avoue, c'était moi... J'aidais une de mes tantes à vendre les tableaux quand j'étais au lycée donc je connais bien comment ça se passe au niveau des prix.

— Parfait. J'ai laissé mon appartement avec Céline, elle y vivra toute seule. Pourras-tu passer de temps en temps pour savoir comment elle se porte s'il te plaît ?

— Qu'est-ce que je ne ferai pas pour toi ?

Je souris et je le serai fort dans mes bras.

— Je suis jaloux de l'homme que tu rencontreras. Qui n'aimera pas t'avoir pour épouse ?

— N'abuse pas.

— Je suis sérieux. T'es une femme exceptionnelle.

J'avais du mal à prendre mon air sérieux. J'avais envie de rire de la tête qu'il faisait.

— Je te souhaite un bon voyage, chère amie.

— Oh ce n'est pas le moment de se dire au revoir. De toutes les façons, je t'appellerai très tôt demain matin.

— OK, ça marche. Comme ça je préparerai un beau discours ce soir.

— Tu vois comment j'ai du mal à te prendre au sérieux.

Il me fit un clin d'œil et me laissait partir sous son regard langoureux. Je le fusillais du regard de loin et il arrêta.

Je me rendis chez le coach, il profitait de ce temps si agréable. Il était assis à la terrasse entrain de pianoter un SMS. Je le brusquais par une grimace et il m'en voulait un peu. Il avait failli faire tomber l'ordinateur qui se trouvait sur ses pieds. Je m'assis en face de lui mais il laissa son regard rivé sur son téléphone.

— C'est une conversation intense, je suppose ?

— Oui… Avec ma future femme. Oh les femmes, on n'arrivera jamais à vous comprendre. Figure-toi que c'est elle qui a choisi la photo que nous avions mise sur les cartes d'invitation. Et ce matin, elle me dit qu'elle ne la trouve plus jolie et qu'on doit choisir une autre photo pour d'autres invités.

— Ah ça ! Elle est quand même compliquée celle-là.

— Et là, je cherche une photo que j'aime plus que celle qui se trouve déjà sur les cartes et je n'en trouve pas.

— Je vous souhaite bon courage.

— Je croyais que vous alliez m'aider.

— En quoi faisant ?

— Bah en choisissant tout simplement la plus belle photo.

— Et peut-être qu'elle n'aimera pas. Vous venez de me dire qu'elle est compliquée.

— Accordez-moi juste cinq minutes de votre temps.

— J'ai besoin de faire un somme.

— On ne fait pas ça à une personne chère de sa vie.

— Vous avez aussi suivi cet interview ?

— Comment ne pas le suivre ? Tu t'es bien débrouillé. Je suis si fier de toi.

— Sans vous, je ne serai pas ce que je suis aujourd'hui. Et puis bon… J'utilise vos phrases quand l'occasion se présente. Je vous dois beaucoup.

— Vous ne me devez rien. Et puis… Je ne savais pas que j'étais aussi cher pour vous.

— Ne faites pas semblant d'être étonné. Allez, je vais choisir rapidement la photo avant de faire un somme.

Je le rejoignis, il me proposa du jus de bissap à boire. Ce n'était pas de refus, je me requinquais en ingurgitant un verre d'une traite. Il me lança un regard moqueur et commença par me montrer une carte d'invitation. Mon regard était flou, je n'arrivais pas à croire ce que je voyais sur la photo.

— Maman ? m'écriais-je en le regardant l'air perdu. Je sentais mes bras tremblés et mon cœur battre aussi fort qu'il n'a jamais battu.

— Comment ça ?

Je détournais rapidement mon regard, éploré, je voulais me lever mais il me retint.

— Je ne comprends rien Kéma. Que se passe-t-il ? Est-ce Amandine votre mère ?

J'opinais de la tête. Il était aussi fortement troublé. Nous observâmes un calme assourdissant pendant trois minutes. Il se décida de prendre enfin la parole.

— La force du destin… Je n'arrive pas à y croire. C'était donc celle-là l'histoire de tes parents que tu ne voulais pas me raconter ?

— Oui.

— Je suis désolée que tout puisse se passer ainsi.

— Ne soyez pas désolé. Vous venez d'éclairer de plus belle ma vie.

— J'ai bien peur que vous ne puissiez pas lui pardonner.

— Grâce à vous, j'ai appris à pardonner.

Il sourit, il avait les étoiles dans les yeux.

— On ne sait jamais à quel point un mot, une phrase peut sauver. Si tu sens le besoin de dire ou d'écrire une pensée, fais-le. Elle peut sauver une vie.

— Je suis très bouleversée par la manière dont les choses se sont passées. La dernière fois, vous m'avez dit que vous croyiez que le destin nous avait réunis pour de plus grandes choses, et voilà que vous avez une confirmation.

Une larme coulait de son œil gauche, c'était ma première fois de le voir ainsi.

— Mes larmes de peine coulent à l'intérieur et de joie à l'extérieur. Je suis très heureux de t'avoir dans ma vie.

— Je n'ai pas eu tort d'être restée dans ce froid glacial. Je perdais sûrement la tête en étant interpellée par vos yeux mais si je ne l'avais pas fait, je crois que je ne serai pas aujourd'hui sur cette voie.

Sans hésiter, je le pris fort dans mes bras.

Je finis par choisir la plus belle photo. Elle était toujours aussi belle, ce sourire adressé à son futur mari sur cette photo semblait être sincère. Je n'ai plus besoin de la juger, je l'aime assez pour le faire. De toutes les façons, elle aura le temps de s'expliquer quand nous nous verrons. Je ne pouvais que savourer l'instant présent, celui de savoir que je pourrais enfin la voir et lui dire que je l'aime toujours. Monsieur Urvian m'avait promis de ne rien lui dire, j'avais hâte de voir sa tête quand elle me verra.

Après un somme, je m'apprêtais pour le rendez-vous avec ma meilleure amie. Puis, je me retrouvais dans ce grand restaurant situé en plein centre-ville. Le restaurant était luxueux et il était fréquenté par peu de gens. J'attendis Mwinda avec impatience. Ça faisait déjà une heure que j'étais là mais elle ne me fit pas signe de vie.

Je commandais à boire, je me lassais de voir cette femme se trouvant en face de moi qui se faisait gronder par un homme qui semblait être son époux. Deux heures passèrent, toujours rien. La porte du restaurant s'ouvrit soudain, j'espérais la voir mais je vis fort malheureusement mon patron qui entrait gaillardement avec sa maîtresse d'autrefois. Je m'essoufflais, sa tranche de tête m'énervait. En voulant passer devant moi, cette femme l'arrêta et s'adressa à moi dans une douceur remarquable.

— Est-ce bien vous Kéma ?

— Oui, Madame. Que puis-je faire pour vous ?

Son compagnon détourna le regard et sembla ne pas apprécier la conversation.

— Vous êtes une très bonne dessinatrice. J'aimerais que vous puissiez dessiner un portrait de moi.

— Ça serait avec grand plaisir, répondis-je. Mais je m'envole demain pour les États-Unis. À moins que cela ne vous dérange pas que cela puisse être plus tard.

— J'attendrai. Je suis abonnée à votre page et je vous écrirai. Je suis Noëlla.

— Bien. Enchantée Madame.

Mon ex-patron l'empêcha de continuer puis il lui imposa d'aller prendre place, elle s'exécuta. C'est alors qu'il resta seul pour me tenir tête.

— Qu'est-ce que j'ai fait au bon Dieu pour toujours croiser votre tête ? grommelai-je.

— C'est vrai que demain tu t'en vas ?

— Puisque je viens de le dire à votre maîtresse.

— Je te souhaite une réussite totale.

— Je vous remercie.

Il craqua très fort ces doigts avant d'avouer enfin.

— T'es une fille très intelligente et très compétente. C'était un plaisir pour moi de t'avoir dans mon entreprise. Mais j'ai fait le con pour profiter de ta faiblesse.

— Vous n'avez pas besoin de me le dire. Je l'avais su.

— Mais tu peux toujours revenir Kéma. Il y a de la place pour toi.

— Ne vous fatiguez plus. Non seulement vous m'avez dégoûté comme patron, vous me dégoûtez une fois de plus quand je vous vois avec une femme qui n'est pas la vôtre.

— Tu te tais. Ce n'est pas à toi de me dire ce que je dois faire ou pas.

— OK. Trêve de bavardages. Vous pouvez aller rejoindre celle qui vous attend.

— Petite effrontée !

— Je ne vous permets pas.

— Sinon quoi hein ? Sinon quoi ?

Mon visage rougissait de colère puis je me décidais de me lever.

— Si tu ne veux pas recevoir la même gifle de la dernière fois, tu as intérêt à t'asseoir.

Éprise de colère, je lui renversais le jus qui se trouvait dans mon verre sur sa chevelure, ce qui finissait par dégouliner sur sa veste sur mesure.

Les clients furent alertés par mon geste. Sous son air penaud, il prit sa maîtresse qui lui posait sans cesse des questions, puis se dirigea avec elle vers la porte de la sortie.

— Vous avez eu tort. Je suis devenue quelqu'un dont l'histoire se souviendra, m'écriais-je en le regardant prendre la porte.

Je repris mon calme après cette scène. Je vérifiais sans cesse si Mwinda m'avait laissé un message mais toujours rien.

Quelques heures après, le restaurant m'informa qu'il voulait fermer et cela m'inquiétais qu'elle ne fasse pas signe.

Il était tard quand je quittais le restaurant pour me mettre au bout de la ruelle avant d'attendre un taxi pour finalement rentrer.

Mon téléphone sonna, c'était le futur mari de ma mère. Il voulait savoir ou je me trouvais, je lui communiquais l'adresse et il décida de venir me chercher. Après que je raccrochai, mon téléphone sonna une fois de plus : c'était ma meilleure amie.

— Mwinda, qu'est-ce que tu m'as fait comme ça ? disais-je d'une mine renfrognée.

— Désolé ma belle. Je suis presque là, J'ai eu un empêchement. De toutes les façons, je vais t'expliquer quand je serai là.

Elle raccrocha. Au moins, je savais que tout allait bien.

Quelques minutes après, mon téléphone sonna encore, c'était toujours elle.

— C'est bon, je te vois, me rassurait-elle.

Je regardais en face de moi, les phares de sa voiture étaient rivés sur moi, je décidais alors de raccrocher.

Je regardais sa voiture avancée vers moi. Plus elle avançait, plus je sentais le visage de Mwinda se serrer. Je ne comprenais pas son attitude. Sa voiture était à quelque pas de moi mais elle ne l'arrêta pas. Puis « boom » !

Je me retrouvais à même le sol, allongée, ne sachant pas trop comment je m'étais retrouvée là. Mon corps était lourd, ma vue brouillée.

Elle descendit fièrement de son véhicule et mon état ne semblait pas l'inquiéter.

Elle s'accroupit en face de moi et sourit.

— Qu'est-ce que tu as cru hein ?

Je ressentis une douleur intense au niveau de mes membres. Les images du jeune garçon écrasé autrefois défilèrent dans ma tête. J'ai horreur de voir du sang, je m'étais alors efforcée de ne pas regarder autour de moi.

— Pourquoi as-tu fait ça Mwinda ?

— Ah… pourquoi ai-je fait ça ? répondit-elle avec un cœur étouffé par la haine. Bah c'est pour répondre tout simplement à ta question. C'est la raison pour laquelle je suis revenue.

Imprimé en Allemagne
Achevé d'imprimer en novembre 2020
Dépôt légal : novembre 2020

Pour

Le Lys Bleu Éditions
83, Avenue d'Italie
75013 Paris